Elogio de las manos

«Una novela curativa y luminosa que narra el proceso de restauración de una casa en el campo que termina redimiendo a la familia que la ocupa. Una hermosa parábola humana sobre la importancia del trabajo manual como origen último del arte. Una gran obra, y no solo un buen libro.»

Jurado del Premio Biblioteca Breve 2024

Rafael Arias

Pere Gimferrer

Lola Pons

Elena Ramírez

Rosario Villajos

Seix Barral Premio Biblioteca Breve 2024

Jesús Carrasco

Elogio de las manos

Seix Barral, un sello editorial de Editorial Planeta, S. A.
Avda. Diagonal, 662-664, 08034 Barcelona (España)
www.seix-barral.es
www.planetadelibros.com

Primera edición: marzo de 2024
Segunda impresión: abril de 2024
ISBN: 978-84-322-4331-8
Depósito legal: B. 1.157-2024
Composición: Moelmo, SCP
Impresión y encuadernación: CPI Black Print
Printed in Spain - Impreso en España

FSC www.fsc.org
MIXTO
Papel procedente de fuentes responsables
FSC® C158190

El papel de este libro procede de bosques gestionados de forma sostenible y de fuentes controladas.

—Hay un momento en que todos los obstáculos se derrumban, todos los conflictos se apartan, y a uno se le ocurren cosas que no había soñado, y entonces no hay en la vida nada mejor que escribir. Eso es lo que yo llamaría inspiración.

—¿Se puede perder ese estado de gracia?

—Sí, y entonces vuelvo a reconsiderar todo desde el principio. Son las épocas en que compongo con un destornillador las cerraduras y los enchufes de la casa, y pinto las puertas de verde, porque el trabajo manual ayuda a veces a vencer el miedo a la realidad.

El olor de la guayaba,
conversaciones entre
PLINIO APULEYO MENDOZA
y GABRIEL GARCÍA MÁRQUEZ

1

La mañana en que pusimos un pie por primera vez en aquella casa ya sabíamos que la iban a derribar. Era solo cuestión de unos pocos meses, un año, a lo sumo: el tiempo que tardara el propietario en gestionar los permisos y reunir el dinero necesario para construir varios apartamentos en el terreno en el que se levantaba aquella vivienda, abandonada tantos años atrás. Que aquel lugar terminara siendo una parte importante de mi vida, casi una extensión de mi cuerpo, es algo cuya responsabilidad solo puedo atribuirme a mí mismo. Porque fui yo, sin que nadie me obligara, el que le entregué a la casa una parte sustancial de lo que soy: mis manos.

Allí trabajé de principio a fin, en los días cálidos de verano y en los húmedos del otoño. La mayor parte de las veces, sin saber bien cómo hacer lo que me proponía. Junto con Juanlu derribé el tabique de la cocina, tapé innumerables grietas y cerré el paso al agua que se filtraba desde la azotea. Y cuando las goteras mancharon de nuevo los techos, volvimos a repararlas. Juntos despejamos de hierbas el corral pequeño y en su lugar creció un montón de chatarra. En ese corral improvisaríamos más tarde una especie de tenderete para que Beleña, la única burra que había en la casa por entonces, se protegiera de la lluvia. Y después, en el mismo lugar en el que estuvo el tenderete, yo construí una escalera con los restos de un andamio para que las niñas pudieran subir al gallinero, que también nosotros levantaríamos. Y recondujimos la parra del patio delantero, que llevaba tantos años desatendida que había arrancado de la pared los alambres con los que la habían guiado los primeros moradores. Un tiempo después aprovecharíamos una vieja pérgola de hierro para extender la sombra de la parra, como una visera, sobre la puerta de acceso a la vivienda. Y todavía más tarde, a punto ya de marcharnos para siempre, reemplazaríamos esa estructura por un emparrado nuevo.

Visto ahora que el tiempo ha pasado, quizá fue esa primera mejora del emparrado la que marcó el punto de inflexión a partir del cual la casa empezó a importarnos. Porque ni aquella mañana en que llegamos, ni tampoco en los meses siguientes, la casa nos importó demasiado. Era tal su deterioro que parecía imposible que llegáramos a sentirnos cómodos allí. Saber, además, que pronto sería derribada no ayudaba a que nos comprometiéramos con ella. ¿Qué pasó, entonces? ¿Qué nos llevó a trabajar tanto por algo que sabíamos que terminaría más pronto que tarde? ¿Por qué no reservamos la esperanza y las fuerzas para objetivos más plausibles? De todas las preguntas que la casa me ha formulado en este tiempo esta última es, sin duda, la pregunta crucial.

2

Aquellos pocos meses terminaron siendo diez años en los que, a pesar de lo mucho que trabajamos para mejorar la casa, fuimos nosotros los que verdaderamente nos transformamos. De habernos pertenecido habría acabado siendo un reflejo de nuestras aspiraciones, necesidades y sueños. Pero la casa no era nuestra y, además, su forma era rígida y muy peculiar, por lo que fuimos nosotros los que tuvimos que adaptarnos a ella, haciéndonos flexibles y peculiares y abrazando, o intentándolo, la provisionalidad.

En esos diez años, entre amigos, conocidos, familiares y espontáneos, muchas personas pasaron por allí. Algunos se ahormaron a la casa y otros no. Lo intentaron pero la casa siempre parecía encontrar maneras de hacerles saber que aquel no era su lugar: un ratón que, en la noche, hurgaba bajo el fregadero y crispaba los nervios; el hecho de que el cuarto de baño estuviera encajado entre los dos dormitorios, ninguna de cuyas puertas cerraba bien; los niños del pueblo, que subían sin avisar ni pedir permiso a comerse las uvas que colgaban de la parra; o alguna vecina, que entraba sin llamar y te sorprendía en pijama; el frío húmedo de las noches de invierno que ni una tonelada de mantas aliviaba; la luz eléctrica que se cortaba; el pequeño termo de agua caliente que se vaciaba pronto y te sobresaltaba en mitad de la ducha con un viraje del placer al grito. No es que fueran las pruebas del héroe, precisamente, pero habían sido suficientes para espantar a algunos de los que pasaron por allí. El resto nos podríamos haber marchado también porque eran muchas las incomodidades, pero, por diversas razones, persistimos lo suficiente como para que esos detalles dejaran de importarnos.

A la casa llegamos por casualidad. En el invierno de 2010 Juanlu, hermano de Anaïs, mi mujer, navegaba a vela con su amigo Ignacio frente a la costa de Málaga. Hacían la ruta Estepona-Sevilla. Había mala mar ese día e Ignacio, propietario y patrón del barco, sugirió suspender la travesía, dejar el velero al abrigo del puerto de Sotogrande, alquilar un coche y llegar a Sevilla por carretera.

Les costó alcanzar la bocana y, cuando por fin amarraron, era ya muy tarde, así que Ignacio le propuso a Juanlu pasar la noche en una casa que tenía en un pueblo próximo y que había comprado tiempo atrás, como inversión.

Ignacio era promotor inmobiliario y, junto con su hermano, había adquirido la casa y una parcela colindante de tres hectáreas. Su plan de negocio era doble: por un lado derribarían la casa para levantar en su lugar varios apartamentos turísticos y, por otro, en la parcela, construirían uno de esos hoteles de baja altura, edificios dispersos y grandes zonas ajardinadas. Era una idea arriesgada pero podía funcionar porque el terreno era amplio, tenía lejanas vistas al mar y colindaba con un frondoso parque natural donde los helechos y la bruma baja se fundían en los amaneceres de primavera.

Al poco de hacerse con la casa y la parcela, iniciaron los trámites para obtener las licencias pertinentes al tiempo que buscaban financiación para el proyecto. Pero a seis mil kilómetros de allí, en Nueva York, se acababa de hundir el banco de otros hermanos, los Lehman, cuyo apellido por entonces casi nadie conocía. La sacudida que provocó aquel desplome fue tal que cruzó los océanos del planeta metiendo el miedo en los bolsillos de los cinco continentes y empobreciendo todavía más a los que ya eran pobres. Los proyectos de Ignacio y su hermano quedaron en suspenso.

Aquella jornada de mar brava, mientras hacían noche en la casa e Ignacio le contaba su frustrado plan hotelero, Juanlu le propuso que le permitiera disponer del lugar mientras el proyecto estuviera detenido y, por tanto, la vivienda vacía. A Ignacio le pareció bien la idea porque sabía que, mientras la casa no fuera derribada, era más sencillo que se mantuviera en buenas condiciones estando habitada que vacía. El plan de Juanlu era ir hasta allí de cuando en cuando, montar en bicicleta por los alrededores, pasar fines de semana con amigos, perderse en aquella *terra incognita*. Sellaron su acuerdo brindando con vino de cocinar que se sirvieron en dos tazas de Arcopal que encontraron en un mueble de cocina de los años sesenta y se fueron a dormir.

Durante los meses siguientes, en las reuniones familiares, Juanlu no paraba de hablar de una vieja casa, cerca de la costa, a la que había empezado a ir. Nos contó lo de la travesía en barco, el brindis con Ignacio y los planes que este tenía para la propiedad. Hablaba con entusiasmo de humedad, ratones, malas hierbas, grietas y vecinos varios. Solo nombró a una persona y por su apodo, un tal Usbarna. No parecía un sitio apetecible al que ir, así que no sé por qué decidimos acercarnos. Lo que sí que recuerdo es que era Semana Santa en Sevilla, donde vivimos. Una época muy intensa para la ciudad y para los que la habitamos. Puede que necesitáramos escapar de la muchedumbre y tomar aire o quizá sentimos que, dada la determinación empresarial de Ignacio, de verdad íbamos a tener pocas oportunidades de conocer ese lugar que ya había empezado a transformar sutilmente a Juanlu. Ninguno de nosotros tenía ni la más remota idea de lo que nos aguardaba.

3

Ese *nosotros*, en un sentido restringido, alude a mi familia más próxima: Anaïs y nuestras dos hijas. Cuando empecé a escribir este elogio de las manos y, en particular, cuando decidí que el escenario de esta historia sería la casa, me di cuenta de que mi experiencia estaba íntimamente ligada a sus vivencias allí. Que sin ellas esta historia no estaría completa.

Pero no deseaba revelar sus identidades, así que un día, mientras comíamos, les pedí a las tres que buscaran sendos nombres. Intuía que Anaïs elegiría ese nombre y me alegró cuando lo pronunció. Nos miramos, sonreímos y aguantamos un rato así, sin decir nada, rememorando los dos el mismo tiempo remoto en el que todo comenzó para nosotros.

La mayor nos sacó de nuestro ensimismamiento con una pregunta sobre el libro. Estoy escribiendo sobre la casa del pueblo, les expliqué a las niñas, y vosotras, si os parece bien, apareceréis como personajes. Me preguntaron que de qué iba el libro y yo les conté que quería hablar de lo importante que era para mí el trabajo manual, algo que ellas sabían bien. Y también les conté que, como había trabajado tanto en la casa a lo largo de los años, me había parecido que aquel podía ser un buen escenario para enmarcar el asunto que me interesaba.

Entonces, pregunté, ¿queréis salir en el libro? La mayor, que en aquel momento tenía trece años, se encogió de hombros y torció la boca como si le hubiera dado a elegir entre brócoli y coliflor. La pequeña, en cambio, se mostró entusiasmada y me preguntó si podía contárselo a sus amigas. Mejor que no, sugerí, y maticé mi petición: me gustaría que eligierais unos nombres bonitos para vosotras. La mayor, que por algún motivo siempre había adorado todo lo francés, se decantó al instante por Marie. La pequeña tardó un par de horas en regresar a donde yo estaba para comunicarme, con cierta solemnidad, el nombre elegido: R2D2.

4

Fue en la primavera de 2011 cuando hicimos nuestro primer viaje a la casa. Mi recuerdo de aquel momento es, con total seguridad, medio inventado. He buscado, sin éxito, fotografías de aquella primera visita porque, tras años obsesionado con la reconstrucción de esta historia, quería reunir todas las piezas posibles del puzle sabiendo que las que están en mi memoria o en la de los demás no componen una imagen rigurosa de lo vivido. Pero escribiendo, leyendo y, sobre todo, viviendo, he llegado a la conclusión de que el rigor no sirve de mucho cuando de lo que hablamos es de contar nuestro paso por el mundo. Que el relato que construimos para comunicar ese viaje siempre es inventado y que cada vez que traemos al recuerdo algo de lo que un día vivimos, lo que hacemos, literalmente, es *recrearlo*. Y dado que los humanos no somos máquinas, cada vez que volvemos a crear introducimos una pequeña variación que hace que cada versión sea algo distinta de la anterior. Pretender ser exacto con esa memoria es tan absurdo como querer encontrar una unidad de medida para el amor o para la decepción. Esas experiencias ni se pueden cuantificar ni se pueden objetivar, porque no hay unidades de medida para ellas. A lo sumo, se pueden registrar las alteraciones fisiológicas que se producen en el cuerpo cuando nos emocionamos. Ahí es donde termina la ciencia y donde comienza la literatura. Para lo que quiero contar, me digo, lo exacto es irrelevante. Es más, recrearé sin pudor los huecos en mi memoria a pesar de que existe un registro fotográfico más o menos continuo de nuestros diez años en la casa. Con ese registro como base podría reconstruir nuestro tiempo allí de una manera, si no exacta, al menos fidedigna. Pero sucede algo más. Trabajando con esas fotografías, me he dado cuenta de que, curiosamente, lo que más me interesa de lo vivido no aparece en ellas. Es como si la imagen tuviera por objeto dejar fuera lo esencial. Así que abrazo la falta de rigor, tomo la pluma en este año de gracia y me entrego al recuerdo porque no solo es lo único que necesito sino lo único verdadero de lo que dispongo.

Y lo que recuerdo de aquella primera mañana se parece más al dibujo de un niño de cuatro años que a una imagen fotográfica. Pocos elementos, pero con un gran poder simbólico: una ladera sobre la que se levanta una casa baja, al fondo de una calle muy corta. Frente a la casa, un tendedero hecho con dos gruesos postes de madera clavados en la tierra. El suelo de la calle es una mezcla de arena, hierbas y trozos de cemento de un antiguo pavimento, ahora fracturado. La portezuela que da acceso al patio delantero de la casa está descolgada, su pintura, desvaída, y, en los muros, los desconchones menudean. Nada que no pudiéramos esperar a partir del relato que Juanlu nos había hecho del lugar.

Aquella mañana de primavera, siguiendo sus indicaciones, entramos al pueblo por su parte baja y ascendimos la calle principal hasta casi el final, donde torcimos a la derecha en una fuente sombreada por un acebuche. Callejeamos por el barrio alto hasta reconocer la descripción que traíamos de la casa. Aparqué delante del tendedero y salimos al aire herboso del pueblo. R2D2 todavía no había nacido. Marie tenía entonces cuatro años y estaba cansada del viaje. Demasiado tiempo atada a su silla de retención, comprimida como un muelle. Bajó del coche y sin duda contuvo su necesidad de salir corriendo porque, en lugar de saltar sin freno, cuando nos situamos frente a la casa se abrazó a una de mis piernas mientras observábamos cómo Anaïs trataba de abrir la portezuela del patio.

Cuando finalmente la abrió, Marie y yo la seguimos cogidos de la mano y entramos tras ella en el patio delantero. Todo era tosco allí. Las losas de terrazo del suelo estaban levantadas en varias partes, fisuradas en otras. Las malas hierbas medrando entre las llagas, montoncitos de arena aquí y allá y hormigas subiendo y bajando por ellos. A la derecha, un murete a la altura del ombligo para separar *nuestro* patio del patio vecino, donde las hierbas silvestres se solazaban de verdad. Era una casa también abandonada, pero con un patio más dejado a la naturaleza que el nuestro. Su pavimento estaba hecho de grandes lanchas calizas, señal de que sus antiguos moradores, por algún motivo, se habían saltado la etapa, allá por los sesenta, en la que los nuevos materiales de construcción empezaron a transformar los pueblos y las ciudades de toda España.

En el centro de nuestro patio había una columna cilíndrica de cemento que sostenía el viejo emparrado que, adosado a la parte izquierda de la casa, cubría menos de la mitad del patio. Hasta casi el final de nuestro tiempo ese poste estuvo allí, interponiéndose como un invitado entrometido en el juego de las niñas, las comidas y los trabajos.

El poste sostenía una precaria estructura de tubos de fontanería desde la que, a modo de cama para la parra, alguien había tensado un entramado de alambres que se fijaban a la fachada de la casa. La parra hacía tiempo que había arrancado ese soporte con su rebeldía vegetal, así que lo que nos encontramos al llegar fue un amasijo de varas leñosas revueltas con los alambres y los tacos de fijación colgando de ellos. El resultado, más que un techo vivo, era un lento derrumbe botánico. En el arriate del que brotaba la parra, calas, cintas y gramíneas se las habían arreglado para subsistir inviernos y veranos sin ser regadas por nadie. Colgado de un clavo en la pared, algo parecido a un cardo grisáceo había prosperado sin suelo ni sustrato, como viviendo del aire. Una piedra con los bordes redondeados por siglos de viento. Papeles. Una silla de madera desvencijada, una mesa cubierta con un hule con los bordes pulidos por tantos brazos apoyados durante años; el dibujo del plástico, que simulaba una hilatura de cuadros, estaba decolorado, casi ausente. Me recordó a Bartlebooth, uno de los personajes de *La vida instrucciones de uso*, de Georges Perec. Junto con su criado Smautf, consagra su vida a viajar por todo el mundo para pintar quinientas marinas a la acuarela. En París, el artesano Winckler monta esas acuarelas sobre tablas y las convierte en puzles. El plan de Bartlebooth es enviar cada puzle a su puerto de origen para que las acuarelas sean diluidas y que el papel recupere su blancura. Esa idea de lo que, tras un largo esfuerzo, se desvanece, siempre me ha resultado cautivadora porque es una metáfora elocuente de la vida. Y la vida es más fácil de explicar si se emplean metáforas.

5

La casa tenía forma de ele mayúscula. De las dos astas de esa ele, la corta era la fachada, alineada con las otras casas de la calle, y la larga, una extensión perpendicular que en algún momento sirvió para añadir a la vivienda original un nuevo dormitorio. Esa ele contenía en su seno el patio delantero de la casa, con la parra sobre el asta larga, al lado de levante, y el murete del vecino al de poniente. En la fachada había dos puertas. Anaïs metió la llave que Juanlu nos había dado en la cerradura de la de la derecha. No giró. Apretó con fuerza hasta temer que la llave se partiera. Me pidió que lo intentara yo y tampoco lo conseguí. Mientras forcejeábamos con la llave, Marie, a nuestra espalda, sin perder el contacto con nuestros cuerpos, recorría el patio con la mirada. Los ojos bien abiertos ante lo nuevo y también ante lo viejo.

No recuerdo cuánto tiempo estuvimos tratando de abrir la puerta. Lo que sí que recuerdo es el calor que ya en abril asfixiaba en aquel patio. Los muros reflejando la luz hiriente del mediodía mientras trajinábamos con la llave. Marie se separó unos metros para refugiarse bajo el amasijo de parra y metal y, al rato, desesperada, comenzó a llorar. Mientras la atendíamos, llamamos a Juanlu por teléfono, pero no contestó. Nos planteamos la posibilidad de buscar algún lugar en el pueblo para pasar la noche y hasta de regresar a Sevilla, pero el mar centelleaba a lo lejos y todavía estábamos estirándonos tras el largo viaje en coche. Y además traíamos toallas y un cubo y una pala para Marie. Quizá fue esa promesa de mar y salitre en la piel la que nos hizo persistir unos minutos más. El tiempo suficiente para escuchar a nuestra espalda el sonido de unos cascos pasando por la calle. Nos giramos y vimos a un hombre que traía del ronzal a un mulo. Bajó la cabeza en señal de saludo e hizo un gesto que le veríamos hacer muchas otras veces durante los siguientes años: se llevó a la frente un dedo índice flexionado, con el pulgar haciendo pinza, como quien se sujeta el ala de un sombrero. Algo parecido al saludo de respeto de la marinería al paso del mando de una fragata de Su Majestad. Sin más cortesías, entró en el patio, le tendió la mano a Anaïs llamándola señora y luego me la ofreció a mí. Recuerdo la fuerza con la que apretó y el grosor de su carpo y de sus dedos, la rugosidad de la piel. Pero sobre todo recuerdo la cicatriz que le bajaba por el cuello. Una banda de piel mal fruncida que le tiraba ligeramente de la cabeza hacia ese lado. Era magnética aquella herida tan mal resuelta, pero, para no incomodar al hombre, aparté la mirada y la dirigí a Marie, que todavía sollozaba. Ella sí que permanecía hipnotizada por aquel cuello extraño. Hoy rememoro ese momento y no puedo dejar de pensar que ella, con su mirada asombrada, es Jim Hawkins, el niño protagonista de *La isla del tesoro*, el día que ve entrar por la puerta de la posada del Almirante Benbow al pirata Billy Bones.

El hombre hizo un gesto con la cabeza como pidiendo paso, nos apartamos, avanzó hacia nosotros, agarró el pomo, tiró de él hacia arriba y giró la llave. Lo que vino después fueron dos patadas que nosotros repetiríamos durante los siguientes diez años cada vez que quisiéramos abrir aquella puerta.

El paso repentino desde el exterior refulgente al interior en penumbra hizo que nuestras retinas tardaran en acostumbrarse. Pero antes de que los detalles de la estancia se fueran revelando, notamos el olor a humedad y a ratones. También la frescura de la habitación en contraste con el calor que habíamos pasado tratando de abrir la puerta bajo el sol. Seguiríamos sufriendo ese mismo contraste durante mucho tiempo todavía, hasta que decidiéramos sombrear esa parte del patio ampliando la parra, creando un espacio de transición entre el interior y el exterior.

Cuando nuestras pupilas por fin se dilataron lo suficiente entendimos que habíamos accedido a la casa por la cocina. En la pared del fondo había un ventanuco tapado por un visillo sucio. Anaïs lo descorrió, entró algo más de luz y pudimos, por fin, apreciar los detalles. A la derecha de la entrada, una mesita de madera con una cocina de gas encima compuesta por dos quemadores sobre chapa blanca de los que colgaba un tubo naranja para conducir butano. Por encima de los quemadores, una antigua campana de obra, ennegrecida. A la izquierda de la puerta, un pequeño mueble de los años sesenta que nos serviría en adelante de despensa. Una mesa camilla, dos sillitas, un frigorífico que apenas me llegaba al pecho. Todo era minúsculo allí. La cocina parecía haber sido pensada para una familia de *Homo erectus*. En la pared de la izquierda había una puerta endeble con dos hojas de madera y cristal coloreado. La empujamos y entramos en el también minúsculo salón. Otro ventanuco mirando hacia el patio trasero y la otra puerta que daba al delantero. Un enorme sofá de escay, sillas dispares, un armario platero, un mueble bar abierto y un televisor con caja de madera. Un calendario de 1987. Al fondo otra puerta, sin hojas, de la que colgaba una cortina. La apartamos y pasamos al primer dormitorio. Fin de la parte corta de la ele. Giro de noventa grados a la izquierda, puerta, un baño, puerta, dos escalones que descendían al segundo dormitorio. Me llamó la atención que no existiera un pasillo distribuidor. Que la casa en sí fuera el pasillo y que de una habitación se pasara a la siguiente, igual que en los palacios barrocos. A su manera la casa estaba tan recargada como Versalles pero con algunos dorados menos, sin brocados y sin pelucas.

En aquel segundo y último dormitorio había otra puerta que daba a un almacén aledaño a la casa, una nueva excrecencia. Los añadidos, que no terminaban con el almacén, denotaban impremeditación y vida. Nacían hijos y se construía un ala nueva. Crecían los hijos y se le sumaba a la vivienda una despensa o un desahogo. De paso, nunca mejor dicho, porque estaba entre los dos dormitorios, se encajaba un cuarto de baño en el interior. Imaginé a los primeros moradores el día en que ya no tuvieron que ir más al corral a hacer sus necesidades. En mi vida no había conocido otro aseo que tuviera dos puertas, ninguna de las cuales cerraba bien. Otro espacio que, en aquel lugar, impugnaba lo convencional. Allí, la intimidad del aseo era vigilante. Sobre todo cuando quien ocupaba uno de los dos dormitorios era algún invitado. Muchas veces, estando allí, me vendría a la memoria *El elogio de la sombra*, de Jun'ichirō Tanizaki. En ese libro, el autor japonés reflexiona sobre cómo la llegada de la luz eléctrica a Japón transformó para siempre una cultura que, durante siglos, había generado soluciones pensadas para que alcanzasen su esplendor a la luz tenue y bailarina del candil o de la vela. En un momento, Tanizaki nos habla del placer que supone acudir diariamente al retrete construido al estilo tradicional japonés, separado de la casa, en penumbra y, en muchos casos, situado en medio del bosque. El que acude a él se ve envuelto por el olor a musgo y puede deleitarse con el sonido de las gotas de lluvia que, al caer desde el alero, salpican las linternas de piedra. Allí puede uno dejarse ir y transformar un acto escatológico en un instante de armonía. Justo lo contrario de lo que sucedía en aquel baño nuestro.

El almacén aún tenía una puerta más, la que daba al corral de la casa y al que nosotros, a partir de cierto momento, empezamos a llamar corral pequeño. En ese espacio, cuando llegamos, aún había una vieja cochinera en desuso, un gran árbol tomado por la hiedra y los pájaros. A pocos metros un pino piñonero y, distribuidas por el corral, tres higueras. Cercándolo todo una valla con una puerta hecha con un somier que daba al siguiente terreno de casi tres hectáreas, en el que se levantaría el futuro hotel. A ese espacio lo llamábamos el corral grande. Al fondo, donde quizá fuera a estar la piscina del hotel, otro portillo hecho con ramas y alambre de espino salía al campo. Allí terminaban la propiedad y el pueblo y comenzaba una tierra tan cercana como misteriosa. Las niñas la explorarían con el correr del tiempo siguiendo las veredas abiertas por los animales.

6

Cada vez que recordamos, recreamos. Y cada vez que recreamos, transformamos. Los humanos somos seres transformadores. Tendemos a modificar lo que nos rodea y, en ese empeño, también nosotros variamos.

En mi recreación de aquellos primeros meses aparece, como primer acto transformador, el derribo del tabique que separaba la pequeña cocina del pequeño salón. Por más que lo he intentado, no he logrado recordar trabajos previos, ni cuánto tiempo pasamos en la casa con esas estancias separadas. En este caso no hay ni fotos ni recuerdos del estado original. Tampoco, que yo sepa, hubo permiso por parte de Ignacio para acometer aquella modificación relevante en su propiedad. Sea como sea, no creo que le importara porque, a fin de cuentas, derribar ese tabique solo hubiera sido el preámbulo de la demolición a la que la casa se dirigía. Se podría decir, incluso, que tirando el tabique estábamos adelantando un trabajo futuro.

Este hecho, el derribo de la casa, ha sido clave para permitirme entender nuestra particular forma de vivir allí. Porque en la casa hemos vivido de una forma distinta a la habitual. En cierto modo, cuando íbamos, las categorías con las que nos manejábamos en nuestro día a día quedaban suspendidas. Durante algún tiempo creí que esa diferencia en el modo de habitar se debía al hecho de que aquel espacio no era nuestro, algo que descarté cuando caí en la cuenta de que nuestro piso de Sevilla tampoco nos pertenecía. Otra opción que podía explicar esa distinta manera de experimentar el espacio era que siempre íbamos hasta la casa con ánimo lúdico: escapar de la ciudad, disfrutar de la visión del horizonte o de un aire sin contaminar, dejarnos envolver por la naturaleza, razones todas que predisponen positivamente. Pero con el tiempo he llegado a la conclusión de que lo determinante era el hecho de la demolición de la casa que, como una espada de Damocles, pendió siempre sobre nosotros. Saber que el único destino posible para aquel lugar era desaparecer trajo consigo otra idea, la de provisionalidad.

Somos seres transformadores con cierta tendencia a vivir en el futuro. Lo que haremos, lo que seremos, la posición que alcanzaremos, las vacaciones que llegarán, el libro que leeremos o la película que veremos cuando nos metamos en la cama. La seguridad económica el día en que nos jubilemos. Con el derribo permanentemente en el horizonte, cualquier proyección hacia el futuro encontraba siempre un límite. Había que vivir, lo quisiéramos o no, en la provisionalidad del presente.

Pero, cuando decidimos acabar con aquel tabique, aún faltaban muchos años para que yo llegara a esa conclusión porque, a menudo, es el simple paso del tiempo el que ordena lo que está desordenado. «El tiempo, además de un cabrón, es ciertamente un aceptable curandero», me dice un amigo querido, remontando desde sus horas bajas.

Derribamos el tabique durante un fin de semana de verano en el que, con nosotros, había cuatro amigos más, dice mi cuaderno de notas. Y, aunque no dejé constancia escrita del dato exacto, recuerdo que no tardamos mucho en terminar. En ese tiempo breve Juanlu y yo disfrutamos del placer del derribo. Un placer que se deriva del empleo, sin demasiado control, de la fuerza física. Descargamos los golpes sin atender a las consecuencias. Sin tener en cuenta si algo se dañaba o si levantábamos polvo. Por un rato, descuidamos. Y descuidar relaja porque la realidad, tan compleja, reclama de nosotros una atención constante si aspiramos a una plenitud respetuosa. Estar pendientes de lo que nos rodea y de los que nos rodean. Cuidar, en definitiva, que es una forma trabajosa, necesaria y digna de estar en el mundo.

Tirar el tabique suspendió durante unos minutos las leyes que nos hacen mejores. Entregarse al torbellino de la fuerza sin el freno de la mente ni del espíritu. Entiendo perfectamente a las personas que pagan por romper un televisor a martillazos. Ese acto, en concreto, produce una doble liberación: la del que descuida y la del iconoclasta.

Tiramos abajo el tabique porque queríamos ampliar el espacio disponible uniendo la pequeña cocina con el pequeño salón. A los moradores originales aquella unificación de territorios les habría parecido incomprensible. Su tiempo era el tiempo de la parcelación y de la proliferación de estancias: aquí cocinar, aquí ver la televisión o comer, aquí recibir a las visitas, aquí dormir, aquí almacenar alimentos, aquí los animales.

La tendencia hoy es la contraria. Se privilegian los espacios abiertos, comunicados. La cocina, por ejemplo, ya no se oculta sino que, si es posible, se muestra abierta al resto de la casa, al menos al comedor. Con esa apertura se hacen visibles los trabajos que allí se desarrollan y que son cruciales para la vida. Ver hacer la comida nos informa de algo tan sencillo como que no se hace sola. No llega caliente a la mesa por arte de magia. Alguien se ha ocupado de pensar, de hacer la compra y de cocinar. Al terminar de comer, alguien habrá de recoger y limpiar. Una cocina abierta nos pone en contacto con un concepto al alza, el de cuidado, y otro en regresión, el de proceso.

Fue sorprendente el poco tiempo que necesitamos para deshacernos de aquel tabique-frontera. Recuerdo que al terminar de sacar a la calle los escombros, quedó una cresta en el suelo y las paredes allí donde el tabique había estado. Fui yo el encargado de rebajar la cresta y enrasar la llaga con las paredes. Juanlu me encomendó ese trabajo porque, de los dos, decía, yo era el más meticuloso. Pero una virguería en aquel contexto, de haber estado en mi mano, hubiera resultado llamativa porque las paredes *sanas* habrían presentado más desperfectos que la zona reparada.

Sea como sea, con una maza pequeña y un cincel rebajé la cresta de ladrillo. Después llamé a mi hermano Nicolás, escayolista profesional, para que me dictara las cantidades precisas de la mezcla con la que remataría la obra. Siguiendo sus instrucciones, removí el yeso con el agua en un capazo de goma, sin darme cuenta de que, según decía el saco, aquel yeso era de fraguado rápido. Fue mezclar, ir a buscar una llana y al subir a la escalerilla, aquella masa ya era de difícil manejo.

Rematé como pude la herida y así quedó, como una cicatriz. El yo que había llegado hasta aquel lugar hubiera querido picar lo recién terminado y volver a empezar, pero había mucho que hacer y Juanlu me azuzaba. Y estaban los otros, que trabajaban, cada uno en lo suyo, pero todos a buen ritmo. Yo los veía, entrando y saliendo, cargando, arrastrando, golpeando, limpiando. Alguien incluso buscó una cortina de tiras de plástico y la colgó sobre el dintel de la puerta de la cocina. Hubiera sido ridículo que yo perdiera un tiempo, que era de todos, en alimentar mi ego. Y no porque buscara la admiración por el resultado de mi trabajo, que quizá también, sino porque mi forma de hacer las cosas estaba inscrita en lo más profundo de mí. Me resistía a aceptar aquel remate rugoso, como si, en lugar de la pared, aquella cicatriz estuviera sobre mi piel. Durante unos minutos sostuve la llana en mi mano, mirando aquella chapuza y notando el deambular de los demás. No era yo el que estaba allí. Éramos nosotros. Metí la llana en el capazo de goma y me lo llevé al patio para limpiar las herramientas como hace cualquier trabajador al finalizar la jornada. El yo que comenzaba ese día dio por buena la chapuza como daría por buenas muchas otras que el futuro traería.

7

Ese domingo, cuando ya no quedaban ni escombros ni polvo, me senté a tomar un café en el *nuevo* espacio. Juanlu y los amigos se habían marchado, Marie jugaba en el patio y Anaïs leía sentada en la calle, junto al tendedero. Colgadas de sus cuerdas, las sábanas estiradas se secaban al sol, mecidas por una ligera brisa de poniente que también movía las páginas del libro que Anaïs leía: *Sostiene Pereira*, de Antonio Tabucchi. Aquel libro siempre le había gustado. Tanto, que al poco de conocernos, me lo había regalado intuyendo que yo también me rendiría a él con solo leer la primera frase: «Sostiene Pereira que le conoció un día de verano. Una magnífica jornada veraniega, soleada y aireada, y Lisboa resplandecía». Desde que leí el libro por primera vez, había evocado a menudo ese arranque y, particularmente, el verbo resplandecer vinculado a Lisboa. Siempre me levantaba el ánimo esa asociación entre la luz y Portugal, un país al que admiro y que siento muy cercano, quizá porque nací en Olivenza. Y además estaba Lisboa en sí, que siempre me traía buenos recuerdos junto a Anaïs.

La silla en la que me senté a tomar mi café se situaba justo en el lugar en el que, un día antes, había existido un tabique, así que mi cuerpo estaba a la vez en la antigua cocina y en la antigua sala de estar. La taza de Arcopal en la que sorbía mi café era una de las que Juanlu e Ignacio usaron para su brindis. Un santo grial con asa.

La cicatriz del tabique pasaba bajo las patas de la silla, subía por las paredes y atravesaba el techo. Quizá fue el cansancio tras el trabajo del fin de semana, el aroma del café o saber que al otro lado del muro estaban Marie y Anaïs, pero aquella rugosidad ya no me parecía ni llamativa ni dolorosa. Diría que al contrario. Contemplé el resto de la estancia, desastrada. Casi todo lo que había en ella, incluido yo, había llegado hasta allí de manera azarosa. Ningún elemento combinaba con otro: los quemadores de gas y la mesita de madera sobre la que se apoyaban; las sillas, casi todas distintas entre sí; el calendario de 1987 y una lámina enmarcada con una escena de caza del zorro en Inglaterra. Pensé que había, a pesar de la disparidad, un criterio que unificaba todo lo que la habitación contenía: el desecho. Porque todo parecía proceder de un vertedero o dirigirse a él. Los interruptores de la luz, también dispares y pequeños, como de juguete; los escasos enchufes en cuyos orificios no entraba ninguna clavija moderna; un tubo de PVC que atravesaba el muro de la fachada por el que entraban en la casa un grupo de cables que, una vez en el interior, se enmarañaban en cajas de registro sin tapa, regletas y fichas de empalme. Todo parecía deficiente y débil, diseñado para una vida casi sin electrodomésticos. Una vida a 125 voltios.

Al mismo tiempo, toda aquella quincalla variopinta no era lo suficientemente antigua como para tener algún encanto o hablarnos de una cultura distante en el espacio o en el tiempo. No había allí ninguna orza de barro esmaltada a mano, una artesa de bordes pulidos, una tabla de lavar desgastada, un quinqué o una trébede. Lo que había allí eran los desechos de la primera ola del consumo de masas. Nada que salvar y, en lo que a nosotros respectaba, nada que tirar.

Fue en ese instante cuando fui consciente de que un elemento nuevo había sido incorporado a la escena: una manta ligera de lana azul, extendida sobre la falsa piel del gran sofá. Anaïs debía de haberla puesto cuando todo estuvo limpio, remetiéndola entre los cojines del asiento y del respaldo, haciendo que el rojo brillante y agrietado del escay quedara oculto, inesperadamente ennoblecido. El azul de la lana y, sobre todo, su textura acogedora resaltaba en la habitación, apuntando hacia un futuro para la casa y para nosotros en ella que yo no había imaginado, pero Anaïs sí. No bastaba con tirar aquel tabique, aprendería yo con el tiempo. No bastaba con que cupiéramos más personas en la habitación, o con que no hubiera goteras o ratones. Esas eran unas condiciones mínimas. Se trataba de lograr algo más que un refugio que nos protegiera del viento y de la lluvia. Había que hacer que quienes llegaran a la casa se sintieran bien allí cuando se quedaran a solas y la alegría de los otros no les fuera contagiada. Que pudieran sentarse en invierno y dejarse recoger por el sofá. Que allí quisieran leer o acariciarse hasta dormirse o despertarse o excitarse.

Aquella manta azul me recordó al poeta brasileño Manoel de Barros y su *Matéria de poesia*. Había un verso en ese libro que parecía brotar de ese sofá: «Cada cosa ordinaria es un elemento de estima», había escrito el poeta. Todo lo que nos rodea es portador de una conciencia. Cada cosa ha sido hecha, traída o llevada por alguien. Hay un motivo que explica una ventana, una sábana limpia en un cajón, una coleta. Hay una intención para cada una de esas cosas. No ha sido la fuerza de la naturaleza quien ha lavado la sábana, la ha doblado y la ha metido en un cajón. Una sábana no es una roca que se desprende de un risco, cae al curso alto de un río y se redondea acariciada durante miles de años por el agua. Una sábana en un cajón es una voluntad y un elemento de estima. También una ventana, una coleta y una sencilla manta de lana azul.

El recuerdo de ese verso me trajo otros suyos, particularmente uno que se me había quedado prendido en la memoria desde que lo leyera, muchos años atrás: «Lo que es bueno para la basura es bueno para la poesía». Esas pocas palabras resumían una forma compleja y atravesada de ver el mundo, subvirtiendo un *statu quo* asfixiante en el que solo lo nuevo parece merecer consideración y estima. «Todo aquello que nuestra civilización rechaza, pisa y mea encima sirve para la poesía», continuaba el poeta.

Lo que aquella habitación contenía, pensé, parecía proceder de lo que otras habitaciones habían rechazado. Igual que una playa acepta sin rechistar aquello que el mar le envía, aquello que el mar no quiere. Si lo que Manoel de Barros escribía en sus versos era cierto, pensé, entonces la casa estaba llena de poesía y de estima.

8

El verano de 2011 terminó y quizá, en otoño, regresamos en algún momento a la casa. Puede que paseáramos por los campos que rodean el pueblo y que señaláramos con el dedo los caballos, las vacas y los burros que pastaban a su aire por los montes públicos. A lo lejos veríamos el mar, echaríamos de menos el verano y no percibiríamos en el aire los contaminantes volátiles que la refinería liberaba en una ensenada al otro lado de la sierra, a no muchos kilómetros. Para entonces, Anaïs ya estaba embarazada de R2D2, nuestra segunda hija.

Quizá, no podría certificarlo, volvimos ese otoño, pero lo que es seguro es que yo no viajé el siguiente diciembre a instalar la *nueva* cocina. La mesita con los dos quemadores de butano era un equipamiento demasiado escueto para todas las personas que, contagiadas por el entusiasmo de

Juanlu, ya empezaban a frecuentar la casa. Notábamos esa nueva afluencia en cada una de nuestras visitas. Alguien había dejado una nota de agradecimiento en la puerta del frigorífico, un dibujo infantil, un par de botellas de vino. Así que viendo que los dos quemadores no podían dar de comer a tanta gente, Juanlu se puso a buscar y no tardó en saber que su tía Pilar renovaba la cocina de su piso de Triana. Por eso una tarde nos presentamos en su casa con tres amigos y desmontamos la encimera, los armarios y los electrodomésticos. Estaban todavía en buen estado, eran funcionales, no eran feos ni habían pasado de moda, pero la tía Pilar necesitaba de verdad renovar su paisaje doméstico. Lo cargamos todo en un camión y yo los vi partir en dirección al pueblo. La encimera era larga, sobresalía de la caja y alguien había clavado de su extremo un trapo de cocina.

No recuerdo el motivo por el que no me sumé al grupo, pero sí que lamenté no haber viajado en ese camión. Sentí que me perdía algo importante, no sabía qué. Quizá una ocasión irrepetible para componer versos añadiendo más desechos a los que ya había. O, simplemente, la posibilidad de entregarme durante un par de días a una mezcla de trabajo y camaradería que tantas veces había disfrutado con esos mismos amigos. Con ellos había fundado una especie de hermandad en la que nos apoyábamos unos a otros en mudanzas, reparaciones y traslados varios. Era frecuente que cualquiera de aquellos trabajos se complicara y que lo que iba a ser cuestión de horas se convirtiera en días. Por eso acabamos llamando Enreasa a aquella hermandad.

Sobre la encimera de esa cocina trasplantada cortaría yo muchos tomates en los veranos, los sazonaría con sal gorda y aceite de oliva. Rebozaría berenjenas con harina de garbanzos, abriría botellines helados, amasaría pizzas caseras para las niñas. Allí Anaïs haría su salmorejo y su ensaladilla y, con los años, Juanlu instalaría una tira de luz led capaz de cambiar de color. Los niños, todos los que pasaran por la casa, jugarían con el mando de la tira, iluminarían la cocina de verde o de rojo dándole a la estancia un aire de vieja cabina de revelado fotográfico.

La planta de la cocina de la tía Pilar, en Triana, era muy distinta a la del espacio que iba a recibir los muebles y, sin embargo, Juanlu y los demás consiguieron montarlos en el nuevo emplazamiento de manera solvente, que no armónica, ni bella. Sin ser conscientes, promulgaron una ley no escrita por la que la casa se regiría en adelante: la ley del apaño. Porque más que montar una cocina, la encajaron. Algunos muebles quedaron más altos que otros. Hubo que adaptar cajones que ya no volvieron a deslizarse suavemente sobre sus guías. Encima del frigorífico dejaron, sin fijar, un módulo sobrante que se vencía cada vez que alguien lo abría.

El fregadero de dos senos estaba encastrado en la encimera blanca, no mucho más ancha que el propio fregadero. Para completar el espacio, entre la zona de fregado y la siguiente pared, allí donde había estado la mesita con la cocinilla de butano, Juanlu y los demás tendieron una puerta azul en la que integraron la misma placa de cuatro fuegos que había tenido la tía Pilar en Triana. Aunque claramente lo era, se hacía difícil calificar aquella intervención como una mejora.

El diccionario de la Real Academia define *apaño* como «Compostura, reparo o remiendo hecho en alguna cosa». Eso era justo lo que Juanlu y los demás habían logrado con aquella cocina. En español el término sugiere, además, provisionalidad y mala calidad. Los apaños se hacen para salir del paso ante un problema sobrevenido, no como forma definitiva de resolverlo. Aquel apaño, en cualquier caso, marcaba un camino para la casa y para nosotros, sobre todo para mí. Una manera de actuar que no solo se contraponía a mi perfeccionismo, sino que, además, perduraba en el tiempo. No hay nada más definitivo que algo provisional, me dijo alguna vez Juanlu. Parecía un juego de palabras gracioso, pero, en lo que a la casa respectaba, era tan cierto como las leyes de Newton.

Durante los años siguientes, mientras añadíamos más y más apaños a la casa, pensaría mucho en el concepto. Y le daría la vuelta hasta resignificarlo. Como digo, nuestros apaños no serían efímeros. Pero es que nuestra actitud al acometerlos tampoco sería descuidada o chapucera. Al contrario, los apaños sacarían de nosotros soluciones creativas e inesperadas. Fabricaríamos bisagras con alambre, puertas con somieres, hamacas con jarapas. Repararíamos sillas con cuerdas y aromatizaríamos arroces con el romero del patio y, en general, saldríamos al paso ante cada problema con lo que tuviéramos a mano. Así fue como la casa nos fue doblegando a todos. Así nos transformó ella a nosotros.

9

Algo que no se debe hacer es pedirle a una niña de ocho años que escoja para sí misma un nombre ficticio. Cuando ya llevaba algunas semanas redactando este libro, le pedí a mi hija pequeña que por favor reconsiderara su primera elección y que, a ser posible, buscara un nuevo nombre que no fuera el de un droide astromecánico. Verás, le dije, no combina demasiado bien con Marie, ni con Anaïs, ni con Juanlu, ni siquiera con Beleña. Cada vez que escribo R2D2 me desconcentro, le expliqué. Me contestó que R2D2 era el que le gustaba pero que buscaría otro nombre que *pegara* más. Noté cierta ironía en su tono. O quizá era decepción ante un padre que, por un lado, había comenzado un juego y, por otro, había decidido terminarlo unilateralmente. Tuve miedo de que se vengara de mí eligiendo el nombre de algún otro personaje de *Star Wars* que me complicara todavía más la vida: Biggs Darklighter, Jar Jar Binks o Lando Calrissian.

De nuevo se tomó su tiempo para comunicarme su decisión y, cuando la tuvo, se acercó a donde yo estaba, lo pronunció con claridad —Berta— y se marchó por donde había venido. Parecía resignada por haber tenido que rebajar su fantasía para adecuarla a mis intereses. Pero llegaría el momento en el que Anaïs daría a luz en las páginas del libro y la idea de seguir llamándola R2D2 generaba en mí una imagen inquietante.

10

En febrero del año 2003 conocí al músico Martín Buscaglia en el Cabo Polonio, un enclave de la costa oriental de Uruguay. Diez años después vino a visitarnos y yo mismo le hice una foto en la casa. Está en el patio, tocando la guitarra. La fachada, tras él, parece recién pintada. Buscaglia tiene los ojos algo cerrados. Podría ser la emoción por lo que interpreta, pero diría que, más bien, es el reflejo del sol en las paredes. Entre las dos puertas que hay en la fachada, a un metro de altura, emerge del muro el tubo oxidado de la que fue la primera estufa de leña que hubo en la casa. Hay varias herraduras colgadas de clavos, el cardo que vive del aire y un gran frigorífico en funcionamiento, también bajo el sol.

Lo esencial, como siempre, queda fuera de la imagen. En este caso es el tema que interpreta: *Anís*, de su primer disco. «Antílope de luz / tibio resplandor en la piel / ella es tan linda y tan fuerte», dicen los primeros versos. Luego, en el estribillo, Martín hace variaciones sobre el título de la canción: Ananá, Anís, Anés, Anusqui, *kiss me, please, and champagne*, Anel, Anaïs, Anaïs.

Dos días después de conocer a Buscaglia en el Cabo Polonio, conocí a Anaïs en lo alto de una duna de la isla de Florianópolis, en la costa sur de Brasil. Ella había viajado hasta allí con Juanlu, en busca de una respuesta. Yo había llegado en compañía de mi amigo Javier. Nuestro único propósito era el viaje en sí. Ella llegaba cargada y yo ligero.

Hay una fotografía de los cuatro asomados a una ventana, dos días después de nuestro encuentro en lo alto de la duna. Menos Javier, los demás estamos muy morenos. Nos brilla la piel y sonreímos a la cámara. Sostenemos sendos vasos con caipiriñas. No lo sabemos en ese momento, pero brindamos por una unión entre los cuatro que llega hasta hoy.

Más o menos hasta ese año 2013 en el que Martín nos visitó, sentimos que de verdad nuestra estancia allí sería fugaz. Que la premisa de habitar la casa hasta que Ignacio encontrara inversores se consumaría con relativa rapidez. Pero habían pasado ya muchos meses desde que llegáramos al pueblo y teníamos pocas noticias de los avances de Ignacio. Juanlu, que era quien mantenía contacto con él, no decía nada y nosotros preferíamos no preguntar. En ese silencio compartido crecían nuestras esperanzas, aunque nunca de una manera explícita. No recuerdo ninguna conversación en la que abordáramos directamente el asunto de nuestra situación allí. Todos callábamos de manera infantil, como si no nombrar el hecho lo alejara.

Hasta aquel entonces, nuestras intervenciones en la casa pretendían satisfacer necesidades básicas: un espacio interior grande para poder reunirnos con comodidad, una fuente de calor en invierno, una cocina en la que preparar la comida, siempre tan importante y aglutinadora para los españoles. Una puerta que roza, una ventana que no abre, una gotera. La cisternilla del baño que no ajusta bien, el termo de agua que no calienta lo suficiente. Ese año, sin embargo, fue el primero en el que blanqueamos el exterior de la casa. Se aprecia en la foto en la que Buscaglia toca la guitarra. Tras él, la fachada resplandece como Lisboa, sin más defectos que alguna panza de la pared que la luz cenital del sol revela.

Recuerdo que bajé a comprar cal viva a la ferretería y cómo la mezclé con agua en una vieja pila de lavar ropa. La viveza de la reacción química, las burbujas blanquecinas y vigorosas salpicando al explotar, el calor intenso que desprendía la reacción. Cuando por fin la cal estuvo fría, nos repartimos el trabajo y en un par de días le lavamos la cara a la casa. A Marie le hicimos un delantal con una bolsa de basura y le dimos un pequeño cubo y una brocha. Durante un rato se dedicó a pintar las paredes. La cal chorreaba hasta el suelo y, mientras pintaba, sacaba la lengua, como hacen los niños cuando tratan de esmerarse verdaderamente.

A Anaïs le quedaban pocos meses para dar a luz a Berta. Pintaba sentada en una silla, cerca de Marie. Un pañuelo recogiéndole el pelo y un vestido ligero con viejos mapas estampados. Nunca hasta ahora lo había pensado, pero quizá el alumbramiento inminente y el pintado de la casa tuvieran relación. Que Berta llegara a un mundo refulgente, quizá. Limpio y nuevo.

Sea como sea, blanquear la casa fue el primer trabajo en el que lo estético se impuso a lo práctico. Podríamos haber seguido disfrutando del lugar con las paredes desvaídas y la grisura de la piedra resaltando en las grietas, no creo que a Berta le hubiera importado, pero decidimos que no fuera así. Pintar la casa era cuidarla como los vecinos cuidaban de las suyas. Era traerla a la vida y al barrio. También, eso lo sé ahora, era una declaración de intenciones o una invitación. Igual que la manta azul sobre el sofá. Todas esas cosas que hacemos sin ser conscientes y que nos hacen sentir bien. Sin más.

Cuando vino a vernos Buscaglia le preparamos una cama echando una colchoneta de espuma al suelo del salón. Al ir a por sábanas para vestirla, apareció una con el emblema del Servicio Andaluz de Salud. Era una sábana del hospital Virgen del Rocío, de Sevilla. Me llamó la atención y Anaïs nos contó que seguramente había llegado hasta allí desde casa de su madre, María Dolores, conocida por su círculo próximo como Mayoyi. Fernando, su marido, había muerto en ese hospital de Sevilla en el año 2002. Fue una agonía angustiosa que se alargó cinco años y que tensó las costuras de la familia. Anaïs y Juanlu se distanciaron y por eso, al año siguiente, emprendieron un largo viaje hasta Brasil con la idea de poder pensar y hablar lejos del escenario en el que tanto habían sufrido.

En ese largo periodo de enfermedad Mayoyi estuvo entrando y saliendo del hospital de manera regular. Algunos ingresos duraban días; otros, meses. Durante todo ese tiempo fue Mayoyi la que estuvo al lado de su marido, cuidando de él a la vez que seguía atendiendo a sus hijos y a los hijos de sus vecinos, algunos de los cuales también entraban y salían del hospital. Era tal la asiduidad con la que iba que el trámite de acceso a las diversas alas en las que su marido estuvo se hacía engorroso porque el personal de recepción cambiaba con frecuencia y, además, tenían que seguir los protocolos establecidos para la entrada de personas ajenas al centro. Así que, en algún momento, no se sabe cómo, Mayoyi se puso una bata blanca y un día entró sin que nadie la detuviera. A partir de ese día, siempre iba por el hospital vestida como una profesional sanitaria. De esa guisa le llevaba el periódico a Fernando, pasaba la tarde con él o se quedaba a dormir a su lado cuando era preciso. Y como sus estancias eran largas y los días también, Mayoyi empezó a conocer a los otros pacientes crónicos y a sus familiares. Los llamaba por sus nombres y comentaba con ellos la actualidad del microcosmos hospitalario. Les acercaba algún postre y, cuando no eran de Sevilla, los invitaba a que fueran a su casa a darse una ducha o a descansar. Poco a poco, a base de gestionar la medicación de Fernando, fue aprendiendo a nombrar con soltura los principios activos, a comprender su uso y su dosificación. De alguna forma lo llevaba en la sangre porque su padre había sido farmacéutico militar durante toda su vida. Y con ese conocimiento empírico, y quizá heredado, cuando Mayoyi hacía su ronda de visitas por la planta, se interesaba por los tratamientos farmacológicos de unos y de otros. Un día uno de aquellos familiares le comentó una dosis prescrita y quizá a ella le pareció excesiva o muy escasa y se lo hizo saber al pariente en cuestión. Y así, entre la bata y las prescripciones farmacológicas hechas a ojo, empezaron a llamarla cariñosamente *doctora* Mayoyi. A ella le gustaba moverse por los pasillos y hablar con pacientes y *colegas* profesionales. Hubiera sido tan buena gestora del hospital como animadora de la vida a su alrededor. Siempre pendiente de lo que cada cual necesitara, ya fuera un vecino, una enfermera o la persona encargada de cambiar la ropa de cama. Quizá, pensando en esa persona, un día se llevó a casa, para lavarla allí, una sábana manchada por Fernando, la misma que usaría Buscaglia tantos años después.

Cada cosa ordinaria es un elemento de estima, y ese rectángulo de tela también lo es. El sufrimiento de Fernando sacó esa sábana del hospital y envió a sus hijos al otro extremo del mundo. En aquel confín apareció Buscaglia y, ahora, esa sábana, que casi fue un sudario, permitía el descanso del querido amigo que le cantaba a un antílope de luz.

11

Siempre nos ha gustado pintar las casas en las que hemos vivido. Hay en ello una renovación sencilla y una promesa de comienzo. En ocasiones, solo después de pintar una pared somos conscientes de la suciedad que tenía, de lo necesario que era ese trabajo. La alegría de un muro blanco es la de un renacimiento.

Tanto es así que desde que pintamos la casa, los vecinos empezaron a interesarse por nosotros. Hasta entonces habíamos sido para ellos esos visitantes ocasionales que, durante varios días, eran capaces de habitar una casa tan largamente abandonada. Blanquearla no era solo un signo de dignidad sino una manera de integración. De alguna forma comenzábamos a hablar la lengua de los que nos rodeaban.

En medio de aquel trabajo se presentaron una mañana Rafaela y Manuel, los ancianos que vivían enfrente. Recorrieron los escasos metros que separaban las dos casas cogidos del brazo, Manuel llevando a Rafaela, ayudándola a dar sus cortos pasos. Los invitamos a pasar al patio pero rehusaron porque estaba todo manga por hombro y no querían molestar. Aunque ya lo sabían, nos preguntaron si éramos familia de Juanlu. Hablamos de todo un poco, del pueblo, del campo y del viento, sobre todo del viento que, como era habitual en la zona, aquel día soplaba. Fue Manuel el que nos hizo notar lo bien orientado que estaba nuestro patio y cómo allí estaríamos bien protegidos del levante.

Durante los siguientes años el viento siempre sería el segundo tema de conversación una vez preguntados por el estado de salud de cada cual. Empezaríamos a familiarizarnos con los partes meteorológicos que cada habitante del pueblo se componía. Manuel y Rafaela nos informarían de cuánto tiempo y con qué fuerza llevaría el viento soplando antes de nuestras llegadas y cómo serían, según ellos, los días que tendríamos por delante. No emplearían conceptos como bajas presiones o masa de aire en altura. Una racha de setenta kilómetros por hora sería un aire que se lleva los gatos. Dirían qué jartura, después de dos semanas de levante, y qué fresquito, cuando el viento de poniente trajera hasta el pueblo la humedad del mar. Manuel solía decir: dan agua esta semana, y añadía 80 litros. O 100 o 200. Y luego valoraba qué consecuencia tendría esa cantidad de precipitación en el paisaje, en la sierra, en el pantano, en la huerta, en el bienestar del pueblo.

Esos días leí que, según el feng shui chino, el *chi*, o energía vital que une a todos los seres vivos, es retenido por el agua, pero traído por el aire. Quizá esa era otra de las razones por las que empezábamos a sentirnos tan bien allí. Poesía en el desorden y mucho viento arrastrando la energía que anima la vida.

Por Rafaela y Manuel nos enteramos de que la casa llevaba vacía casi quince años y que sus últimos moradores habían sido un matrimonio que envejeció allí hasta que él murió y ella fue llevada por sus hijos a una residencia de ancianos. Alabaron el trabajo que hacíamos blanqueando la casa y, sin decirlo, quizá agradecieron que alguien se interesara por aquel rincón y que trajera vida nueva al extremo del pueblo en el que también ellos envejecían. Marie los miraba con su pequeña brocha en la mano. Rafaela le hizo un gesto para que se acercara a ella y, como no se movía, Anaïs la animó a que fuera. En el puño apretado la mujer traía un caramelo que dejó en su pequeña mano. Luego le cerró los dedos a Marie para subrayar que debía guardarlo bien porque era para después de comer. Ese fue el primer presente que recibimos de ellos, la ofrenda de bienvenida que inauguraba una nueva relación. Viéndolos alejarse con cuidado para no tropezar en algún resalte del empedrado, pensé en el caramelo y en que la mera presencia de Marie quizá ya les había traído algo esperanzador a aquellos ancianos.

12

Un atardecer de esa misma primavera de 2013 llegamos a la casa y la vieja cochinera del corral pequeño ya no estaba. Como siempre, habíamos aparcado y, mientras Anaïs y yo sacábamos las cosas del coche y las llevábamos a la casa, Marie había desaparecido por los corrales en busca de gatos, escarabajos o una pelota perdida en la visita anterior. Todavía no habíamos terminado de meter la comida en el frigorífico cuando Marie asomó su cabeza por la puerta de la cocina. Se han llevado la casita de atrás, dijo, y nos pidió que fuéramos con ella. Anaïs, que ya estaba a punto de dar a luz a Berta, declinó el ofrecimiento e hizo un gesto con la mano con el que delegaba en mí su presencia. Salí con Marie al patio, rodeamos la casa y, efectivamente, la cochinera ya no estaba. En el corral pequeño lo único que quedaba era el gran árbol de la hiedra, ahora solitario. Sin la construcción a su lado, el árbol parecía más grande todavía. El suelo bajo su copa estaba lleno de sus frutos caídos, pequeñas bolas que crecían en racimos y que, desconectadas del árbol, se veían arrugadas y secas.

La hiedra formaba una especie de copa densa dentro de la copa del árbol, justo en la cruz donde el tronco se diversificaba en sus ramas principales. Por encima y por los lados de esa copa interior, los extremos distales de las ramas trataban de escapar de la hiedra, en busca de su propia luz. Era como si el hospedador se hubiera tragado a su huésped. Vendrían semanas de vientos huracanados y la hiedra actuaría como vela para el árbol haciendo que esa intersección de copas se agitara de manera violenta. Pero era tal el porte del tronco que parecía inmune a cualquier viento. Lo sabían los gorriones que seguían acudiendo a su abrigo cada atardecer. De hecho, estaban empezando a llegar en busca de su refugio nocturno. A Marie aquella algarabía le pareció una fiesta. Se lo pasan muy bien los pájaros, dijo. La miré y asentí. A mí me gustaría saber volar, añadí. A mí también, dijo ella. ¿A dónde irías volando?, le pregunté. No lo sé, me contestó, y nos quedamos callados.

No había rastro siquiera del perímetro de la cochinera, una cresta de muro bajo o alguna piedra trabajada. No quedaba nada. Es cierto que no había sido una construcción demasiado grande: unos cuatro por cuatro metros, muros gruesos y tejado a dos aguas. Pero solo las paredes contenían suficiente piedra como para llenar un par de camiones. La desaparición de la cochinera me desconcertó. Sobre todo cuando Marie transformó la situación en un juego detectivesco y consiguió que nos evadiéramos por completo, como si de verdad alguien se hubiera llevado la casita.

La han robado, dijo. ¿Quién habrá sido? Sí, quién habrá sido, repetí yo. Nos pusimos en cuclillas para observar con más atención la escena del crimen. Quizá encontraríamos la huella de una bota impresa en el barro seco, o una colilla arrojada por un obrero. Cogí un puñado de tierra, me lo acerqué a la nariz y lo olí sin que aquello me diera ninguna pista. Marie me preguntó que por qué olía la tierra y yo no supe qué decir. Había visto esa escena decenas de veces en el cine e, inconscientemente, la reproducía porque Marie y yo ya estábamos dentro de una misma ficción.

¿A dónde habría ido a parar semejante cantidad de piedra?, me pregunté. Marie fue abriendo el radio de búsqueda y se alejó internándose entre las malas hierbas del corral, que le llegaban por la cintura. En un momento llamó mi atención para mostrarme un trozo de metal que había encontrado. Papá, dijo. Alcé la vista y la dirigí al objeto que Marie sostenía. Parecía la pata desmontable de un somier. Negué con la cabeza, como si fuera el inspector de policía veterano descartando una pista falsa encontrada por un detective joven. Ese trozo de metal no nos llevará a los que nos han hecho esto. Pero cuando iba a regresar a mi propia búsqueda, volví a levantar la cabeza porque algo, más allá de donde ella estaba, me había llamado la atención. ¿Cómo podíamos haber estado tan ciegos? ¡Marie, a tu espalda!, le dije. La niña se dio la vuelta y ahí estaba, un murete de piedra de un metro y medio de altura más o menos. Me acerqué rápidamente. Lo palpé y constaté que era reciente y que servía para contener las tierras del patio trasero, en el que algunos años más tarde vivirían las gallinas. Esa nueva construcción formaba una terraza superior y una inferior: el corral pequeño y el patio trasero. Hasta ese momento lo que había entre ambos espacios era una pendiente. Las lluvias invernales la transformaban en un barrizal arcilloso por el que solo se podía caminar pisando por encima de las hierbas silvestres que se aplastaban y hacían de base. Y, aun así, no era raro perder un zapato en el intento.

Ahora, gracias al nuevo murete, ese patio se ampliaba por un lado en forma de terraza. Pero ¿había sido construido con la piedra sacada de la cochinera? Marie hizo un gesto con los hombros indicándome que ella no tenía respuesta a esa pregunta y me mostró otro trozo de hierro. Le dije que no creía que aquello fuera la respuesta, dejó caer el metal al suelo y yo llamé a Juanlu.

Me dijo que se le había olvidado contarme que su hermano Fernando había pasado por allí con una cuadrilla de sus albañiles y que habían demolido la cochinera y construido el muro porque, el verano siguiente, quería montar allí una piscina de plástico para sus hijas. Habían tirado abajo la cochinera con una máquina excavadora, habían usado la piedra de sus paredes para la obra y, con el sobrante, pendiente abajo, habían restaurado el muro de contención de la casa de Rafaela y Manuel, algo que ellos habían agradecido mucho porque las escorrentías de los inviernos les anegaban el huerto cada dos o tres años.

Cuando colgué, Marie ya no estaba. Me quedé un rato observando la obra, su alcance y su calidad. La luz rojiza del ocaso le daba a las piedras un aire ferruginoso. De haber sido Juanlu y yo los constructores, habríamos empleado un verano entero en el trabajo. Habríamos demolido la cochinera a mazazos y habríamos separado y limpiado las piedras con las manos. Y luego habríamos pasado semanas mezclando cemento con una pala y levantando aquel dique un día tras otro. Y el dique se nos habría torcido y no sería lo suficientemente ancho y con el correr de los años habríamos tenido que repararlo. Nada de eso le pasaría a aquella obra encargada por Fernando a una cuadrilla profesional.

Pensé en él, en su determinación. En la fuerza imparable con la que acometía cada cosa que hacía sin andarse con rodeos ni con cálculos innecesarios. Había imaginado la alegría de sus hijas en verano, jugando en la piscina de plástico, y no había necesitado nada más que eso para presentarse allí con un camión, una excavadora y una cuadrilla de albañiles. Me sentí ridículo cuando me recordé a mí mismo rebuscando en la caja de bombones en la que se revolvían los tornillos que Juanlu guardaba en el almacén. Necesitaba dos iguales y no los encontraba. ¿Cuántas horas pasé en la casa buscando tornillos y tuercas, reparando herramientas, pensando en cómo haría tal o cual trabajo? ¿De qué manera tan distinta habría resuelto Fernando cada uno de mis pequeños retos? Es más, ¿se habría propuesto él retos tan pequeños? No lo creo. Nunca más sufrió la casa una transformación tan ambiciosa y en la que interviniera maquinaria pesada. La siguiente excavadora sería la que la tiraría abajo y allanaría el terreno para dejar paso al proyecto de Ignacio.

Pensé que en el mundo había espacio para su determinación arrolladora y para nuestra pequeñez minuciosa, y, en mi caso, algo desenfocada porque a menudo yo me había dejado llevar por una idea demasiado estricta del aprovechamiento. Si ya lo tenemos aquí, por qué comprarlo, me decía. Basta con buscarlo. Y añadía: ¿no será mejor reutilizar lo que ya hay? Y sí, claro que sí. Siempre es mejor darle una nueva vida a lo que ya existe en lugar de desecharlo. Pero en ocasiones, lo que verdaderamente vale la pena es el tiempo. Y yo malgasté demasiado en la casa buscando dos tornillos que fueran iguales. Tendría que haber bajado a la ferretería a comprar una caja con cien tornillos y dedicar mi tiempo a mejores cosas.

De aprovechamiento nos habla de manera hermosísima Agnès Varda en su película *Los espigadores y la espigadora*. Durante algo más de ochenta minutos, la directora nos muestra la vida de un grupo diverso de recolectores. Gente que busca y da uso a lo que otros tiran. Personas que se bajan de la rueda incesante que va de la producción al consumo y de nuevo a la producción. Y así indefinidamente. Los espigadores del título son todos ellos. La espigadora es la propia Agnès Varda, que viaja por Francia con su cámara y recolecta lo que otros cineastas no quieren, como cuando se olvida de apagar la cámara y, mientras ella camina, vemos el suelo y la tapa del objetivo colgando de un cordel. Viéndola, siento que ella habla por mí, dice lo que yo pienso y no sé cómo expresar. Me pasa también con Buscaglia, con Natalia Ginzburg, con Oteiza. Sus voces, sumadas a otras muchas, forman un *collage* que me permite acercarme a quien realmente soy.

En un momento de *Los espigadores y la espigadora*, Varda filma su propia mano extrayendo de un sobre pequeñas reproducciones fotográficas de cuadros de Rembrandt. Aparece un retrato de Saskia, la mujer del pintor, y, a continuación, una reproducción de detalle del cuello bordado de sus ropajes. Varda lleva la cámara desde ese detalle hasta un plano muy cercano del dorso de su mano. Tiene la piel arrugada de una mujer cercana a los noventa años y a su propia muerte, que se producirá poco tiempo antes del estreno del documental. Y dice:

Veamos, este es mi proyecto:
Filmar una mano con la otra.
Profundizar en el horror.
Lo encuentro extraordinario.
Me siento como si fuese un animal.
Peor, soy un animal que no conozco.

13

En el verano de 2013 nació Berta y el pan que trajo bajo el brazo fue la publicación de mi primera novela, un libro que tuvo buena fortuna y que a mí me permitió seguir escribiendo. Solo por eso debería haberle dejado que se llamara como un droide astromecánico.

Muchos años después, a pocos meses de que la casa fuera demolida, cenábamos en el patio. Era tarde porque habíamos pasado un largo día en la playa y estábamos rendidos. Berta escuchó un crujir de hojas en el arriate de la parra. Con la tenue luz de la ristra de bombillas con la que nos iluminábamos, no se veía qué podía ser. Yo hice como que no escuchaba nada. No tenía ganas de resolver una situación inesperada a esa hora de la noche. Podía ser cualquier insecto grande o incluso un roedor. Y estaba fuera de la casa, no dentro, así que me hice el sueco. Continuó el movimiento entre las hojas caídas de la parra, las calas y las cintas. El ruido que producían era claro y, por más que yo disimulara, no iba a parar. Anaïs apostó a que era una salamanquesa y yo respiré porque, a diferencia de otros reptiles, ese tiene buena prensa ganada a base de comerse a los insidiosos mosquitos que nos pican en las noches de verano. Y, en efecto, vimos como trepaba por la pared un ejemplar de buen tamaño. Asunto resuelto, pensé, y seguí cenando. Pero no. Al crujir de hojas se unió un gemido. Me apresuré a decir que procedía de algún lugar de los alrededores o que era el aullido de un perro en la lejanía. Pero el gemido persistió y entonces Marie dijo que era un gato. Anaïs cogió el móvil, encendió la linterna y se fue para el arriate. Removió las hojas y allí estaba, un gato del tamaño de un ratón pequeño. Tenía los ojos ocluidos, la piel finísima de un feto y del vientre todavía le colgaba el cordón umbilical que ya parecía el zarcillo seco y retorcido de una vid. Berta y Marie se acercaron al hallazgo mientras yo me refugiaba en mi cena. Un gatito desvalido es lo último que necesito a esta hora de la noche, pensé. Había sido un día agotador y a la mañana siguiente tenía que levantarme al amanecer. Las tres confirmaron que era un gato y me obligaron a acercarme.

El animal estaba muy débil y parecía ciego. No sabíamos cuánto tiempo llevaba allí ni dónde estaba su madre. Desde que habíamos llegado, no había aparecido por el patio ningún gato, como solía ser habitual. Generalmente asomaban la cabeza por la puerta y, como no les poníamos impedimento, cruzaban el patio en silencio y se dirigían a la cocina. Alguno metía la cabeza entre las tiras de plástico de la cortina y, cuando eso sucedía, yo, que los veía pasar mientras escribía bajo la parra, les hacía un gesto brusco con la mano o chistaba para ahuyentarlos. El interior estaba vetado a los animales porque aquellos eran gatos mitad callejeros, mitad de campo, que repartían las jornadas entre las malas hierbas y los contenedores de basura que había a la espalda del mercado de abastos del pueblo. Más de una vez vi pasar alguno con un polluelo de vencejo entre los dientes o llevándose un ratón de campo hacia las ramas bajas de una de las higueras que había en el corral pequeño.

Ni Anaïs ni yo queríamos asumir la responsabilidad de sacar adelante al cachorro, cosa que no les sucedía a las niñas, que rápidamente decidieron hacerse cargo. Buscaron un cestillo que acolcharon con algunos trapos y allí metieron al animal. Necesitaban algo con que alimentarlo y, rebuscando en un cajón, encontramos una jeringuilla para dosificar fármacos. La primera gota de leche que lograron meterle en la boca la expulsó por la nariz. Siguieron intentándolo con nuestra ayuda al tiempo que buscaban un nombre apropiado para el gato. Anaïs no paraba de advertirles que no se ilusionaran porque había muchas posibilidades de que aquel gato no pasara de esa noche. Quería prepararlas para la opción más probable. Las niñas decían que sí, que ya se habían enterado, más centradas en el presente que en un futuro inmediato. Y en ello estaban, tratando de mejorar su técnica para introducir la cantidad exacta de leche en la minúscula boca, cuando desde el alcorque llegó un nuevo crujir de hojas y otro débil lamento.

14

Cuando me levanté, a la mañana siguiente, el sol todavía no había salido. Llevaba despierto un rato en la cama, pensando en que los cachorros habían pasado la noche entera sin ser alimentados. Me vestí y fui en su busca. Las niñas tenían la cesta entre sus dos camas. La cogí y me la llevé a la cocina, encendí una luz tenue y los palpé con la punta de un dedo. Los dos respondieron con contorsiones que mezclaron sus cuerpos. Habían sobrevivido. Me gustó saber que Marie y Berta habían asumido el compromiso de cuidar de aquellos gatos abandonados. Enseguida me asaltó una preocupación con la que no habíamos contado la noche anterior: qué hacer en caso de que salieran adelante, porque no estábamos dispuestos a tener animales en casa. Busqué la jeringuilla y tomé en mi mano el más débil de los dos. Su cuerpo entero cabía en el hueco entre los dedos y el carpo. Tenía la piel atigrada y la cabeza extrañamente abultada, como si su morfología final estuviera agazapada allí dentro a la espera de su eclosión. El pequeño cuerpo estaba muy frío. Me aseguré de que seguía vivo cuando le metí la cánula de la jeringuilla entre las mandíbulas y se revolvió perezoso. Ni un ligero gemido hambriento. Parte de la leche se le derramó por las comisuras y parte, quise creer, fue tragada. Pensé que una toma a base de breves sorbos, pero cada pocas horas, sería lo apropiado. Lo dejé en el cesto y repetí la operación con el otro gato que, este sí, se movió con cierto brío. Llevé el cesto a la ventana de levante a la espera de que saliera el sol y, en un par de horas, diera con sus rayos en el cristal. Pondríamos el cesto tras una pantalla de tela que los protegiera del sol directo pero que permitiera pasar el calor. Con esa idea en mente, me lavé las manos, preparé un café y unas tostadas y desayuné mirando al mar lejano. Sin ser consciente, empezaba a hacer mías las ganas de Marie y Berta por sacarlos adelante. Ya veríamos qué hacer con ellos una vez superados los primeros días críticos.

Cuando terminé mi desayuno me dispuse a darles una segunda toma a la espera de que las niñas se despertaran y se hicieran cargo ellas, pero, para entonces, el atigrado ya había muerto. Es como si hubiera aguantado toda la noche a que yo me despertara. O quizá fue mi intento de alimentación forzada el que precipitó su final. Sentí una pena inesperada por aquel gato, también inesperado, que la noche anterior me había resultado indiferente mientras cenaba. Una especie de hermandad mamífera que conectaba mi vida con la suya.

No quería dejarlo junto a su hermano, todavía vivo, y la idea de tirarlo a la basura me resultó intolerable porque aquel cuerpo había estado vivo solo unos minutos antes, así que hice un sudario en miniatura con uno de los trapos y lo amortajé. Los ritos nos vertebran y nos ponen en relación con algo mayor que nosotros: una estirpe, el tiempo, una cultura, la propia condición humana. Esto me recordó algo que me sucedió cuando tenía veinte años. Caminaba con un amigo por los riscos altos de las hoces de Vegacervera, en León. Era un amigo al que había conocido el año anterior, en la universidad. Recuerdo su humor cómplice, algo surrealista, que le llevaba a hacer hablar a una piedra o a una ramita de roble con voz de muñeco. Recuerdo que me regaló *De la naturaleza de las cosas*, de Lucrecio, y que no entendí el libro en aquel tiempo. En nuestro paseo encontramos los restos óseos de una cabra. Mi amigo tomó el cráneo entre sus manos, lo observó e, inesperadamente, lo lanzó contra una roca partiéndolo en varios trozos. También ahí sentí la misma pena inexplicable que sentiría treinta años después al pensar que aquel gato podría terminar en la basura. Y supe que aquel gesto brutal empezaba a separarme de ese nuevo amigo, lleno de vida y cultura, que me había deslumbrado con su conocimiento de Ovidio y Virgilio pero que, por algún motivo, no parecía sentirse parte de algo mayor que él mismo.

Lo más apropiado habría sido llevar al gato hasta el patio trasero y ocultarlo entre las hierbas más lejanas para que sirviera de alimento a otros animales y al suelo. Hubiera sido como liberarlo en su medio. Pero no quería tomar ninguna decisión sin contar con Marie y Berta, porque habían sido ellas las que se habían responsabilizado de aquella vida. Temía que cuando conocieran la noticia de la muerte lloraran, pero, también, quería aprovechar aquel pequeño acontecimiento para que se vieran expuestas al hecho de la muerte. Sabía que Anaïs compartiría esa idea conmigo porque ella, mucho más que yo, había convivido a lo largo de su vida con la muerte de seres queridos y tenía interiorizado algo que a muchos se nos escapa: su inevitabilidad. Ella tiene ese don sencillo que permite comprender la vida, precisamente, porque sabe que termina.

A pesar de haber participado muchas veces de ello, detesto la idea de la sobreprotección hacia los niños. Alejarlos de cualquier peligro o trauma, como si el dolor o la decepción no fueran parte de una vida deseable. Y, sin embargo, no hay vida digna ni autónoma sin esas experiencias. La madre de todos los sufrimientos es la muerte. Saberla allí, al fondo del tiempo, aguardando tranquila nuestra llegada renuente, es un manantial incesante de dolor para la mayoría de las personas. Saber acercarse a ella con su misma tranquilidad es una tarea esencial. En ese acercamiento, de hecho, es la vida la que prospera.

15

Cuando Berta y Marie se despertaron fueron directas al cestillo antes de que pudiéramos advertirlas. Para nuestra sorpresa, no hubo una sola lágrima. Los repetidos avisos de Anaïs, la noche anterior, las habían preparado para el desenlace más probable. Les mostré el pequeño sudario, se entristecieron como yo me había entristecido unas horas antes y desayunaron con las mismas ganas con las que yo había desayunado. Luego, Marie se entretuvo en decorar una concha en la que improvisó un nombre para el gato, Tigre, y remató con un RIP. ¿Qué significa RIP?, preguntó Berta, que había estado mirando a su hermana mayor manejar los rotuladores. *Requiescat in pace*, le dije yo. Es latín. Quiere decir *descanse en paz*.

En el almacén encontraron un viejo escardillo que, por el mango, pulido de tanto trabajo, tenía pinta de ser de nuestro vecino Manuel, que, cada tanto, le prestaba herramientas a Juanlu. Quizá llevara meses buscándolo, el hombre. Las niñas bebieron agua, se cubrieron la cabeza y salieron al sol del mediodía con el sudario, el escardillo y la concha. Regresaron una hora después, acaloradas. Les pregunté cómo había ido el enterramiento, lacónicamente me dijeron que bien y se refugiaron en el frescor de la casa. Tenían que alimentar al único superviviente del cestillo.

Lo primero que hicieron fue ponerle un nombre: Marco. No querían arriesgarse a que aquel otro cachorro muriera sin saber cómo se llamaba. Con esa tarea resuelta, se turnaron para alimentar al animal, arroparlo y cuidar de que estuviera caliente, pero que no le diera el sol directo.

Pasó aquel día y llegó el siguiente y yo volví a levantarme antes del amanecer y a coger el gato y darle la leche que no había recibido durante la larga noche. Al terminar noté al animal sereno, diría que saciado. Y quise escuchar su ronroneo, pero solo había silencio. Salió el sol y Anaïs preguntó por Marco y luego apareció Marie y también preguntó. La última fue Berta, con el pelo enmarañado y los ojos todavía hinchados por las muchas horas de sueño reparador.

El día avanzaba y ya empezábamos Anaïs y yo a barajar nombres de amigos o conocidos que quisieran quedarse con aquel animal que parecía haber regresado de la muerte, cuando apareció Berta con el cestillo entre las manos y nos dio la noticia negando lentamente con la cabeza. Era la hora de la siesta, era verano y no era momento de salir al monte a repetir el rito del enterramiento.

Esa tarde, mientras esperábamos a que el sol perdiera fuerza, tomé una nota en mi cuaderno. En ella escribía sobre mi escasa relación con los animales de compañía y dejaba constancia de algo que me había sucedido la primavera anterior durante un viaje de trabajo a Barcelona. La nota decía así: Llego en metro al barrio de Sarrià, en la parte alta y acomodada. Al salir a la superficie, me topo con una marquesina en la que se anuncia una inmobiliaria local que se define a sí misma como *real estate*. El titular del anuncio dice:

Donde vivas, juega. Donde vivas, vive.

Dos versos hexasílabos, una aliteración final. El anuncio viene a decir: elige un lugar para vivir donde puedas entregarte a la alegría, donde puedas ejercer la expansión que todo juego demanda. Un lugar en el que puedas desarrollar tu vida en plenitud. Es un principio tan hermoso que parece escrito por Eduardo Galeano. Lo que sucede es que ese titular no está ilustrado por una foto del barrio o de un parque público. En la imagen, tres niños juegan al fútbol en el jardín de un chalet de diseño. La guinda la pone un entrañable perro que hace de portero. Por algún motivo, en ciertos imaginarios, el perro se ha erigido en el broche de un modelo idealizado de familia. Ese fiel compañero de aventuras que se entrega al grupo en lugar de disolverlo, como haría un adolescente malencarado.

A pesar de que el sol seguía caldeando la tarde, las niñas no paraban de pedir permiso para salir. Estaban ansiosas por llevar a Marco junto a Tigre. Así que al tercer o cuarto intento les permitimos marchar con la condición de que llevaran sombrero y agua y no tardaran demasiado. En un minuto se prepararon para el sol, se pusieron crema en la cara a manotazos, como para reforzar la idea de que podíamos confiar en ellas, y Berta cogió el cestillo con el gato. Lo que hicieron después lo hicieron a escondidas o quizá coincidió con que ni Anaïs ni yo estábamos dentro de la casa y no las vimos marchar.

En su ausencia, seguí escribiendo: Fui un niño de pueblo y, sin que pueda evitarlo, quiero para mis hijas algo parecido a aquella experiencia de la libertad que no encuentro en la ciudad. Ni en la más peatonalizada. Cuando estamos aquí, en el pueblo, Anaïs y yo suspendemos parte de nuestros miedos. Las niñas desaparecen de vista al bajar del coche y reaparecen, en ocasiones, magulladas. Han subido a una peña donde, quizá, hay más peligros que en la Quinta Avenida. Dejamos que se pierdan por las calles, los caminos y las lomas. Dejamos que exploren y que sean ellas quienes empujen los límites de sus territorios conocidos. Cuando salen al campo, siguen las veredas por las que las ovejas y las vacas van de un lado a otro, superponiendo su mapa al de los animales. Se asoman cada día a su propia *terra incognita*. De allí vuelven siempre con algo inesperado: el cráneo prístino de una cabra; piñas secas en las que ya no quedan piñones pero que nos sirven para encender la chimenea en invierno; vainas de cartuchos de caza.

Las vi llegar una hora y media después de su marcha. Las caras enrojecidas y sudorosas. Marie empujaba una carretilla cargada con troncos y Berta tiraba de ella por medio de un cabo atado al guardarruedas delantero.

—¿De quién es la leña? —pregunté.

—Estaba en el campo.

—¿No veis que está cortada?

—Sí.

—Eso quiere decir que tiene dueño.

Me miraron con cara de «no vamos a volver con esta carretilla hasta ese lugar». El cestillo vacío venía en lo alto de la madera, encajado entre dos troncos.

—¿Para qué la habéis cogido?

—Para hacerles un camino a los gatos por encima de las hierbas del corral.

—Es que se pierden —añadió Berta.

Resoplé y les pedí que volcaran la leña en la parte de atrás y que se lavaran las manos para la cena. Ya averiguaría más tarde qué vecino era el dueño de la madera y qué explicación darle por la sustracción.

16

Apenas pasamos por la casa en 2013 porque la buena fortuna de aquella primera novela me tuvo viajando el año entero y parte del siguiente. La casa seguiría desprendiendo caliche con las lluvias del invierno, el romero seguiría alimentando a las abejas, las hormigas seguirían horadando el suelo y los tomates del huerto de Manuel harían su viaje de la almáciga al encañado, pero yo no lo vería, ocupado como estaba en sacar adelante los compromisos de un nuevo oficio, lejos de allí. Esa larga ausencia me pesaba, porque la casa ya había empezado a brotar en mí. También el pueblo, escarpado y blanco, que es un lugar al que se dirigen mis pasos en círculo: nací y crecí en un pueblo y quisiera terminar mis días en otro.

Entre viaje y viaje, yo frecuentaba el huerto que, por entonces, tenía con los amigos de Enreasa a unos quince kilómetros de Sevilla. Aquel fue el último de mis tres intentos de trabajar la tierra porque, aunque cultivar me apasiona, el huerto estaba demasiado lejos de casa y no me era posible ir cada día. Descubrí que el disfrute de ese trabajo dependía de dos factores: el uso de las manos y la presencia continuada. Me recuerdo, con los demás, revolviendo la tierra con azadas, levantando bancales, remontando patatas. Me recuerdo pellizcando brotes bastardos en las tomateras, el olor ácido en los dedos y el expurgo de las zanahorias sembradas a voleo. La sorpresa de encontrar cualquier tarde de verano un gran calabacín bajo las hojas rugosas de la mata, sus tallos crujientes; la tersura de la piel de los tomates a medida que el estío avanzaba, el cárdeno pulido de las berenjenas, el picadillo de pimiento verde y cebolleta recién cosechados que aliñábamos con aceite y sal al final de las jornadas, en la propia huerta, junto a los encañados. Fue la pena la que me llevó a dejarlo porque todos esos pequeños acontecimientos se producían cada jornada y yo no estaba allí para vivirlos.

El primer huerto en el que trabajé lo construí yo mismo por encima de los tejados del barrio de Santa Cruz de Sevilla. Una tarde, un amigo y yo nos hicimos con unas tablas de pino sin desbastar que desechaban en una obra y con ellas armé un cajón de dos metros por uno y treinta centímetros de profundidad, que instalé en la azotea de la casa en la que por entonces vivíamos. Monté el cajón sobre cuatro patas gruesas y lo recubrí con una pintura mágica que convierte cualquier superficie en una pizarra. La idea era que, mientras yo cuidaba las lechugas, Marie dibujara con tiza sobre la madera. Me gustaba tenerla allí, junto a mí en las largas tardes de la primavera, cuando el calor todavía era soportable. Quisiera estar siempre en su compañía, dedicado cada uno a su tarea, envueltos los dos por un mismo silencio.

Con el tiempo he comprendido que aquel escenario compartido con Marie reproducía uno que, de niño, compartí con mi padre cuando, junto a mi madre, encuadernaba libros en un taller parecido a una chabola. En aquel espacio él terminaba los libros que mi madre previamente cosía y allí bajaba yo por las tardes para penetrar en una esfera singular, diferente a las otras en las que me movía. Nada que ver con el colegio, con la casa, con la calle o con el campo. Aquel era un espacio de trabajo lleno de herramientas especializadas, materiales, olores y un acusado aire de provisionalidad. En aquel lugar mi padre puso entre mis manos, por primera vez, su martillo. Me dio un trozo de madera y algunos clavos usados y me enseñó primero a enderezar los clavos y luego a clavarlos. Podría parecer que solo pretendía mantenerme entretenido para que no le distrajera de su tarea. Quizá fuera así, nunca se lo pregunté. Prefiero, en cualquier caso, creer otra cosa: que a mi padre le gustaba tenerme cerca y que quería enseñarme a manejar el martillo con el fin último de emanciparme. Instruirme en una actividad que contribuyera a mi autonomía. Que no necesitara la ayuda de otro para golpear adecuadamente con aquella herramienta sencilla. Con el tiempo vinieron otras muchas enseñanzas de esa índole: arreglar el pinchazo de una rueda, cambiar un enchufe, afilar un lápiz con un formón, desmontar un tejado antiguo, mezclar cemento, arena y agua.

Recuerdo un episodio. Yo tengo doce años y he viajado hasta Alicante para participar en un campamento de verano que mi madre ha ganado como premio por ser una buena vendedora de baterías de cocina. Mi madre atiende la casa, a seis hijos, encuaderna con mi padre y todavía saca tiempo para recorrer las calles del pueblo en compañía de su amiga Angelita vendiendo cacerolas y cuberterías. Como no conduce, mi padre las lleva cada tanto a los pueblos próximos.

El campamento es urbano y se desarrolla en la antigua cárcel de la ciudad. Sé que tengo doce años porque, algunas noches, España juega al baloncesto en los Juegos Olímpicos de Los Ángeles hasta que llega a la final contra Estados Unidos. En ese momento, todos los niños somos capaces de pronunciar la lista de nombres de los jugadores.

Una mañana un monitor está reparando un socavón en una pista deportiva de la cárcel. No sé por qué lo hace él ni qué hago yo allí. Lo cierto es que le ayudo a hacer la mezcla de cemento con una pala y el monitor elogia mi buena disposición. Cuando regreso a casa, le cuento el episodio a mi padre y se le iluminan los ojos. Me pregunta por la reparación y por cómo lo hice. Quiere saber si le he dejado en buen lugar, si mi familia puede sentirse orgullosa de mí.

Cuando mi padre murió heredé de él ese martillo que había sido, a su vez, de su padre. Esto último es tan discutible como la precisión de mi primer recuerdo de la casa. Creo haberlo oído en algún momento, no sé si a él o a mi madre. Puedo, perfectamente, haberlo inventado. Se dice que la memoria es frágil, pero, con el paso de los años, empiezo a pensar que es más bien acomodaticia. Tengo la inquietante sensación de que trabaja como lo haría un burócrata imperial. Alguien atado de por vida a un puesto de trabajo con el que no tiene ningún vínculo emocional. Un archivero, en este caso. Cada día llegan a su mesa documentos que tiene que trasladar al estante preciso para su clasificación. Vacía la mesa sin interés, llevado más por el temor a la sanción que por un afán profesional.

Se trata de retirar los recuerdos de la mesa, que permanezcan sin clasificar el menor tiempo posible. Es preferible que no terminen en el estante preciso a que queden en la mesa, es decir, en el limbo en el que los recuerdos se pierden para siempre. Mi burócrata imperial ha colocado distraídamente ese recuerdo del martillo en un estante difuso. Podría ser y podría no ser de mi abuelo. El dato es relevante porque, de ser cierto, le otorgaría al objeto un sentido trascendente. Pasaría de ser una herramienta común a un legado. La duda razonable sobre si perteneció a mi abuelo, a partir de un supuesto testimonio directo, el de mi padre, abre la puerta a una especulación más amplia: que procediese de un tiempo todavía anterior. De mi bisabuelo o más atrás. Entonces pasaría de ser un legado a una suerte de cañaheja como la que usaron los dioses para entregarle el fuego a Prometeo. Podría reconstruir mi genealogía usando como testigo ese objeto, igual que hace Edmund de Waal en *La liebre con ojos de ámbar*. En su caso, se vale de una colección de *netsukes*, unas pequeñas figuritas japonesas. Mi familia, eso sí, carece de los atributos literarios de la suya. En el caso de De Waal, su apellido sirve para trazar la historia del siglo XX europeo siguiendo a una familia judía acomodada que lleva consigo, allá a donde va, la colección de *netsukes*.

Mi abuelo fue *baldosinero* en Badajoz. Siempre creí que se había llamado Nicolás, como mi padre, aunque, en realidad, su nombre era Leandro. También creía que lo habían asesinado los republicanos, cuando, al parecer, fue un soldado nacional el que le abatió en una de las puertas de la ciudad al saltarse el toque de queda e ir a casa de su hermana para saber si estaba bien tras los bombardeos que precedieron a la toma de la ciudad. Lamento no haber hablado más con mi padre mientras vivía. Indagar en el silencio familiar. Saber si su hermetismo procedía de su burócrata imperial o, simplemente, del miedo.

De mi padre heredé algo más importante que el martillo: el interés por usarlo. Esta es, sin duda, la parte esencial de su legado. Fue maestro de escuela, su vocación era pedagógica y su personalidad, ascética. Durante su vida puso verdadero interés en enseñar a todos sus hijos a emplear las manos. Una enseñanza que formaba parte del ambiente doméstico y de nuestra clase social. Lo natural, en nuestra casa, era esa práctica como en otras podría ser la lectura o la oración.

Ignoro si a mi abuelo Leandro le gustaba usar ese martillo que puede que le perteneciera. Quizá lo tenía, sin más, por ser una herramienta básica en cualquier casa de la época. Ellos, incluyo a la generación de mis padres, no podían permitirse no saber utilizar un martillo. Tampoco eran omnipotentes. Había tareas vedadas a los no iniciados. Un zapato, por ejemplo, se enviaba a coser a un zapatero. Hay algo revelador en este hecho. A pesar de las carencias que les impedían pagar por encargar ciertos trabajos, había otros que, aun estando a su alcance, preferían no desempeñar. El conocimiento de los límites propios o quizá el respeto por un ámbito profesional especializado. Tú no te coses tus propios zapatos, aunque puedas, y yo no trenzo arreos de esparto para mis bestias, aunque yo también sepa en qué zona del pueblo crece la planta que tú recolectas en las mañanas de agosto.

Esta es una lección que voy aprendiendo con los años: a dirigir mi atención y mis energías de manera cada vez más certera, si bien esto genera una tensión en mí. Hasta hace no mucho me dejaba llevar por la tentación de abarcar los procesos en su totalidad. Hacer un altillo de madera suponía diseñarlo, planificar la compra de los materiales, buscar las herramientas y un espacio de trabajo apropiado, ejecutar el diseño y montar la pieza en su emplazamiento definitivo.

Me recuerdo en un almacén industrial de maderas, con una sierra circular, dividiendo en dos piezas de perfil cuadrado lo que, originariamente, era una viga de sección rectangular. Me recuerdo cargando esas piezas y algunas otras en una furgoneta prestada por Juanlu y llevando toda esa madera a la casa de campo de un amigo para cepillar, lijar y cortar a medida. Me recuerdo en nuestra casa de entonces montando, ajustando, lijando y barnizando. Si lo tuviera que hacer ahora, me ahorraría los trabajos más penosos, como el de cepillado y lijado. Y no por no aspirar serrín o por no querer emplear tiempo en unas tareas en apariencia tediosas. Encargaría esos trabajos porque, de todas las partes del proceso que soy capaz de asumir, son esas para las que tengo peores medios. Trabajar en malas condiciones, o con malas herramientas, no impide que el trabajo salga adelante, pero corroe la sensación de disfrute. Una luz deficiente, una superficie de apoyo inestable, una broca mal afilada o de ínfima calidad. Pequeños tropiezos que dificultan la entrega. Porque de eso se trata. No tanto de construir un altillo, que también, como de entregarse a una tarea.

Entregar y *entero* comparten etimología. *Entregar* es dar y, en su forma reflexiva, darse. Entregarse a una tarea o a una persona es darle al otro, o a lo otro, una parte constitutiva de uno. Esa entrega lleva implícita, al menos en mi experiencia, una búsqueda de unidad a partir de esa cesión mutua. Yo te doy esta parte de mí y tú me das esta de ti. Ambas partes se mezclan en un espacio central, común a ambos. Un proceso similar al que se produce en la soldadura de metal en la que dos piezas, en principio separadas, aportan algo de material a la otra hasta fusionarse y constituirse en algo nuevo y distinto. Algo difícil de separar. Es la entrega la que hace que la unión sea fuerte. Da igual de qué tipo de unión hablemos.

Quizá, al construir aquel cajón-huerto con paredes de pizarra yo también estaba intentando ocupar las manos de Marie con herramientas sencillas para que empezara a ejercitarlas. Lo que es seguro es que estaba creando un espacio compartido. Allí, mientras ella jugaba, podía sentirme cerca, trabajando. No era el caso, porque aquella huerta no era una ocupación laboral, pero estando allí pensé que, generalmente, desarrollamos nuestros trabajos en un lugar separado del de nuestros hijos. Rara vez nos ven en nuestro puesto, en nuestro taller, en el espacio laboral. Rara vez asisten al proceso mediante el cual nos ganamos la vida y sostenemos las suyas.

17

Cuando, después de aquella larga ausencia a la que nos obligó mi primera novela regresamos al pueblo, notamos que la casa se había movido. No es que se hubiera marchado o que hubiera ocupado otro solar de la calle, algo que hubiera podido pasar en un cuento de Jürg Schubiger pero no en la vida real.

Lo advertí un mediodía, al intentar pochar unas cebollas. Cuando vertí el aceite en el fondo del perol, este no se quedó en el centro, sino que se fue hacia un lado. Recoloqué el recipiente sobre la parrilla, pero el aceite no se centraba. Me di cuenta entonces de que la puerta sobre la que estaba encastrada la placa con los fuegos se había desnivelado con respecto a la encimera contigua, la del fregadero. Seguí tirando del hilo. El mueble sobre el que se apoyaba la puerta también estaba desnivelado y, finalmente, un poco más abajo, era el suelo el que se había hundido. En realidad, todo el piso había caído de manera clara a lo largo del interior del muro fachada. Ahora, las losas hidráulicas del suelo se articulaban para adaptarse a la nueva forma del terreno, como si fueran las escamas de un pez. Inspeccionamos el resto de la casa y comprobamos cómo, en el dormitorio, el muro que daba a la calle también se había hundido. Al patio delantero le sucedía lo mismo. Parecía como si la casa entera se estuviera deslizando ladera abajo, como un viejo surfista mineral.

Esa noche, tumbados en la cama, reparamos en la grieta que recorría una de las paredes del suelo al techo. Era una brecha oscura, de un dedo de ancho, quebrando el blanco de la pared. Comenzamos a especular con la idea de que la grieta se abriera más esa noche y que el techo terminara cayendo sobre nosotros como si fuéramos dos galos en un tebeo de Astérix.

Recorrimos la habitación con la mirada para comprobar qué otras cosas quedarían atrapadas en caso de derrumbe: un armario ropero desproporcionadamente grande, un sofá cama de mala calidad, una cómoda, algunas tablas apoyadas en una esquina. En la pared frente a nosotros estaba sujeto el termo de agua caliente que alimentaba la ducha, al otro lado del tabique. Había un arcón con mantas, un cubo, dos sacos de dormir. Varias cajas de cartón apiladas.

En un momento dado, a partir de lo que veíamos, Anaïs propuso que determináramos el número de estrellas que tendría el supuesto hotel en el que esa habitación estuviera. Empezamos por cinco y fuimos restando. No había baño privado, minibar, televisor, luz de lectura, un lugar donde dejar una maleta, espejo ni tabla de planchar. Tampoco había ninguna de esas obras de arte anodinas que decoran las paredes de los hoteles. Lo que colgaba de las nuestras eran unos cuadros cuyo denominador común era que en todos aparecían niños fotografiados en blanco y negro. Imágenes de principios del siglo XX. Niños jugando en una calle de Dublín, con las caras tiznadas. Una niña bien vestida, con ricitos como de Judy Garland, que simulaba hablar por teléfono a través de un auricular de baquelita. Mirada ensoñadora. Todos los cuadros sugerían cierta exaltación de una inocencia estereotipada, como si las manchas de carbón en las mejillas de los niños irlandeses fueran un signo de ternura (habían pasado la tarde jugando, libres y dichosos) y no de miseria (estaban en la calle porque no podían estar en otro sitio).

Desde la habitación no había vistas a una piscina, a una playa o a un jardín. No había recepción, ni plaza de garaje. En el techo sobresalían cuatro alcayatas de cuando pusimos una mosquitera de forma cúbica, como si estuviéramos en una película africana de Humphrey Bogart. También le daba al cuarto un aire medieval porque la mosquitera parecía un dosel.

A la mañana siguiente, claro, el desayuno lo prepararíamos nosotros. Las sábanas, como la del hospital, procedían de otras camas y rara vez coincidían con la medida del colchón. No había edredón sino un apilamiento de mantas muy delgadas, ninguna de las cuales rebosaba lo suficiente por los lados de la cama. Los movimientos involuntarios del cuerpo durante el sueño enredaban todas esas mantas, las revolvían con las sábanas y las piernas como si durmiéramos en un lodazal textil. Una noche, incluso, nos despertó un ratón que se había metido debajo de la cama.

Hacía rato que se nos habían terminado las estrellas. Empezamos entonces con una escala negativa a partir de los desperfectos que la estancia presentaba. La puerta que daba al baño no cerraba; la de paso al almacén tenía el mango de un martillo como pasante; el termo de agua caliente zumbaba cuando la resistencia se activaba. Y, claro, la grieta en la pared y el desnivel del suelo por el lado de la cabecera. Esa misma noche habíamos tenido que improvisar una solución para poder dormir horizontalmente. En el corral pequeño encontré unos maderos cuadrados de unos diez por diez centímetros de sección. Los metimos bajo las patas del cabecero y nos dijimos que al día siguiente pensaríamos en una forma permanente de reparar aquel desnivel, cosa que, por supuesto, no hicimos. Es más, algunos meses más tarde tuvimos que suplementar los maderos con sendos ladrillos para volver a equilibrar la cama a medida que la grieta seguía creciendo.

La habitación estaba en las antípodas de lo que la convención dicta como bello y confortable. También se alejaba de lo solemne y eso nos gustaba. Un pésimo escenario para rubricar un tratado histórico, el fin de una guerra, la claudicación de un país, la anexión de otro, los puntos de un concilio que dictaran la moral de todo un orbe. Así que *dormitorio Lincoln* nos pareció lo suficientemente pomposo como para nombrar, por contraste, el lugar en el que pasábamos las noches.

18

En la primavera de 2014 soldé dos hierros por primera vez en mi vida. No parece gran cosa, y quizá no lo sea, pero, para mí, hay tanto misterio en una soldadura como en el Antiguo Testamento.

Para entonces las idas y venidas a la casa eran ya algo cotidiano. Hacía tiempo que no pensábamos en Ignacio y, de hecho, nos comportábamos como si no existiera. Entrábamos y salíamos, invitábamos a amigos, seguíamos trabajando en la casa y proyectando mejoras o apaños, ignorando que aquello no era nuestro.

Poco a poco habíamos ido acumulando herramientas en el almacén y materiales en el corral. Hacía falta un tendedero nuevo en el patio, elegíamos unos perfiles de hierro, cortábamos, perforábamos y atornillábamos; había que poner una cortina en la ducha, taladro, tacos, tornillos y listo. Un escalón, una mosquitera, goteras en la cubierta, aceite para las puertas chirriantes, una mesa. En cada visita le dedicábamos una parte de nuestro tiempo a esos trabajos. Era nuestra forma de contribuir al espacio común que, poco a poco, empezó a ser para mí un motivo de alegría. Igual que Marie y, como haría Berta en cuanto aprendiera a caminar, yo también salía del coche como un resorte. Marie se iba a explorar y yo a buscar la tarea que me aguardaba o a comprobar los avances de la parra. Era lo bueno de una casa que se caía a pedazos: siempre había uno que recoger del suelo para volver a ponerlo en su sitio. Generalmente, Juanlu, que alternaba sus visitas con las nuestras, me dejaba trabajos a medio terminar que había iniciado él o bien me encargaba mejoras que consideraba importantes. Con ese nivel de actividad, llegó un momento en que en el almacén de la parte de atrás, las herramientas y diversos materiales se amontonaban en el suelo y era difícil encontrar cualquier cosa que se necesitara porque siempre había algo encima.

También empezaron a acumularse allí la ropa de invierno y mantas y colchas que íbamos llevando. Una estufa catalítica, una barbacoa portátil, la bicicleta de Juanlu, sacos de carbón para hacer brasas, cubos para pintar, las herramientas eléctricas que habían sido del padre de Anaïs y que, para entonces, eran unas reliquias venerables por las que resultaba sorprendente que pudiera seguir circulando la electricidad. Se hizo evidente que aquel almacén necesitaba una intervención, así que un fin de semana de abril, cuando ya se podía trabajar en el corral, desembarcamos en la casa con tableros de madera contrachapada, un buen montón de tubos cuadrados de acero, una radial de mano y una máquina de soldar que Juanlu acababa de comprar. Era pequeña y manejable. Nada que ver con las que yo había conocido en los talleres de metalistería de mi pueblo, cuando era niño. Aquellas eran máquinas que había que mover con ruedas y cuyo manejo estaba reservado a profesionales experimentados. La de Juanlu, sin embargo, era tan pequeña que incluso llevaba un tirante para cargarla en el hombro, como un bolso.

Su plan era construir estanterías desde el suelo hasta el techo en los dos lados largos del almacén. Al fondo quedaría el ventanuco que miraba al noroeste y que aportaba luz al espacio. La ventaja de construir nosotros las estanterías, en lugar de comprarlas, era que podríamos adaptarlas exactamente a nuestras necesidades. Habría lugar para la bicicleta, por ejemplo, y, justo por encima de ella, baldas para materiales o para los accesorios de la misma bicicleta. También para los enormes sacos de carbón para la barbacoa y los neoprenos y hasta para una tabla de surf que Fernando llevó un día.

Dispusimos nuestra zona de trabajo en el corral pequeño porque estaba junto al almacén y porque había espacio suficiente para movernos con libertad. También porque la sombra del árbol de los pájaros, como habían empezado a llamarlo las niñas, invitaba al refugio. Mientras despejaba el espacio de trastos y hierbas reparé en que la hiedra que colonizaba el árbol no era de una sola especie, como había creído hasta ese momento. Se distinguían dos tipos de hojas, unas lobuladas y otras no. Me sorprendió haber tardado tanto tiempo en darme cuenta de aquello, a pesar de que cada día pasaba por allí. El árbol se revelaba poco a poco ante mis ojos, como lo hace una fotografía sumergida en una cubeta de ácido.

Para trabajar a la sombra utilizaríamos como soporte la estructura de acero de una vieja mesa sin tablero, también arrumbada en el corral. Era de forma rectangular, alargada, y a ella podíamos fijar con gatos los cuadradillos para cortarlos o utilizar sus ángulos rectos como guía para nuestras estructuras.

Antes de empezar con la tarea, no recuerdo que hubiera un plano de lo que íbamos a hacer. Juanlu entraba en el almacén con el metro, salía y me indicaba la medida a la que había que cortar cada tubo cuadrado. Yo habría medido varias veces el espacio y habría dibujado un pequeño proyecto. Habría dedicado algunas horas a pensar en los posibles inconvenientes y en lo que necesitaríamos. Habría intentado imaginar la carga futura para dimensionar las estructuras. Con total seguridad, habría consumido demasiado tiempo en esa fase previa. Me habría enredado en los pequeños detalles del proyecto en sí, más que en la ejecución. Juanlu lo veía de otra manera. Si íbamos a trabajar junto al espacio al que había que adaptar las estanterías, para qué dibujar nada en un papel, para qué un plano que representara lo que teníamos delante. Bastaba calcular las alturas a ojo, marcar en la pared con un lápiz grueso y luego llevarse esas medidas a la *mesa* de corte. Y tenía razón porque, con mi forma de hacer las cosas, se nos habría ido el primer día de trabajo. Juanlu siempre me obligaba a hacerlo todo de formas inesperadas, me contrariaba. Y eso me costó al principio porque yo tendía a tomarme todo demasiado en serio. Viviría situaciones parecidas con Juanlu muchas veces en el futuro e incluso habría momentos de cierta tensión. Pero ahí estaba la casa, con su patrón invariable y sus necesidades para someternos a los dos. No había lugar allí para virguerías ni alardes. ¿Qué sentido tendría una solución óptima si todo lo que hiciéramos terminaría pronto bajo los escombros? ¿Para qué perder el tiempo cavilando? La casa vibraba de un modo claro y era Juanlu el que mejor resonaba con ella. Sería yo el que más tendría que adaptarse.

Y traté de hacerlo aquel fin de semana en el que corté innumerables cuadradillos de acero. Hacían falta largueros verticales, de suelo a techo, y también apoyos horizontales para las baldas. Yo cortaba los extremos a cuarenta y cinco grados para que los ángulos rectos resultantes fueran cerrados y bonitos. Por eso, para cada corte debía marcar el ángulo con precisión, rayando el metal con un punzón, algo que ralentizaba el avance. Juanlu salía del almacén con el metro, gruñía incómodo y me pedía que me diera prisa porque, a esa velocidad, no terminaríamos. Así que dejé de lado las escuadras y las marcas y me puse a cortar a ojo, utilizando cada pieza como referencia para las siguientes.

En una mañana estuvo todo cortado y empezamos a soldar. Juanlu era el encargado de ese trabajo porque era el único de los dos que tenía algo de experiencia en esa tarea. Pero a media tarde, recibió una llamada al teléfono y se alejó unos metros para hablar. Gesticulaba en la distancia, caminaba de un lado para otro, hacía aspavientos, reía. Poco a poco sus desplazamientos se fueron haciendo más largos hasta que lo vi caminar calle abajo y perderse tras la última casa. Eso es algo que Juanlu también haría muchas veces a lo largo de los años, coger una llamada, comenzar a caminar con el aparato en la oreja y reaparecer varias horas después o en medio de la noche.

Mientras esperaba a que Juanlu volviera dibujé en las paredes interiores el alzado de las futuras estanterías. No pude evitar usar reglas largas, simular los grosores de los perfiles y las baldas. Me salió un plano más que un boceto. Abajo, los materiales sucios y pesados. En medio, las herramientas, la tornillería, el material eléctrico, las brochas y la ropa de trabajo. En las partes altas, grandes recipientes de plástico transparente con tapaderas para guardar la ropa de invierno.

Había pasado casi una hora cuando terminé mi plano sobre los muros y Juanlu todavía no había vuelto. Tampoco cogía el teléfono y yo llevaba ya demasiado tiempo sin hacer nada, salvo entretenerme dibujando un esquema que no teníamos intención de seguir. Me quedé pensando en que podría haber empleado esas dos horas en disfrutar de mis ángulos a cuarenta y cinco grados, cortando con precisión, lentitud y cuidado. Porque, aunque es cierto que siempre hay un aprendizaje cuando nos adaptamos a la forma de hacer de los demás, también hay un enorme gozo haciendo las cosas a nuestra propia manera. Puede que esa manera sea lenta o demasiado pendiente de los detalles, chapucera o sublime. Es nuestra y, como tal, nos expresa en cada gesto.

Así que viendo que el día terminaba y que Juanlu no regresaba, decidí que probaría a continuar yo con el trabajo que tenía que hacer él. Fijé con sargentos dos de los perfiles ya cortados a la mesa de trabajo haciendo que, como esta, formaran un ángulo recto. Los cortes a cuarenta y cinco grados no eran precisos y quedaba una fisura entre las piezas. Me puse los guantes y la careta, me aseguré de que la pinza de corriente hacía buen contacto con el cuadradillo y agarré la maneta del electrodo. Conecté la soldadora y el sonido del ventilador de refrigeración, de alguna forma, me sumió en una especie de trance que me transportó a muchos años atrás. Al tiempo en el que, siendo niño, había visto hacer ese trabajo en el taller frente a la casa de maestros en la que vivíamos. Mi padre y yo, llevándole al vecino mecánico el cuadro partido de mi bicicleta. El hombre con su mono azul sucio, las manos manchadas de grasa y la advertencia de mi padre para que yo evitara mirar la chispa azul que habría de obrar el milagro de la reunión de las piezas. Y luego, al terminar de escuchar el chisporroteo de la soldadura, volver la cara y ver cómo la unión iba perdiendo fulgor, del rojo intenso al naranja y luego al gris. El golpeo con la piqueta para separar la cascarilla y, debajo, la fusión milagrosa, el cordón de metal fundido. Luego, volver a casa con la bicicleta y jugar con ella, bajar bordillos, hacer caballitos, intentarlo al menos, dar frenazos, subir cuestas apretando bien fuerte los pedales. Y el cordón milagroso sosteniendo todo ese esfuerzo como si el metal nunca se hubiera fracturado.

Acerqué la punta del electrodo a la unión con una idea muy vaga de lo que tenía que hacer. Esperando que aquel misterio incognoscible, reservado solo al mítico mecánico y sus iguales, me fuera revelado por arte de magia como recompensa a mi atrevimiento. Pero antes de que el electrodo tocara el metal, me entró miedo. Me erguí y me levanté la careta protectora, que estaba fijada a la cabeza por una especie de aro que se ajustaba alrededor del cráneo, por encima de las orejas. Gracias a un tornillo lateral, la máscara podía levantarse sobre los ojos y dejarla como si fuera una visera. Luego, cuando se quería volver a soldar, bastaba con bajarla y la cara quedaba completamente cubierta y protegida. Pero el tornillo de fijación lateral no apretaba bien y la careta cayó sobre mis ojos. Volví a levantarla y volvió a caer. Tuve la tentación de apagarlo todo y ponerme a reparar la careta, pero no lo hice. Quería volver a la infancia cuanto antes, escuchar el chisporroteo azul eléctrico y oler a lo que olía en aquel taller. Dejé la careta bajada y acerqué de nuevo el electrodo a la unión. La punta tocó el metal y, lejos de aparecer la chispa azul, lo que sucedió es que el electrodo se quedó pegado al cuadradillo y empezó a enrojecer, desde la punta a la pinza, sin que yo consiguiera despegarlo. Tiré durante algunos segundos, sin éxito. El electrodo en toda su extensión estaba ya incandescente y yo, con miedo a electrocutarme o a provocar un incendio o a que todo explotara alrededor y el árbol, ahora sí, fuera desarraigado por una fuerza superior al viento y cayera sobre la casa derrumbándola antes de lo previsto, hice lo que se hace en medio del pánico: tiré del enchufe. El ventilador continuó funcionando durante un par de segundos en los que creí que todo seguía empeorando. Moriríamos todos por culpa de mi atrevimiento. Me había creído Prometeo.

19

Esa noche soñé con que me daban un premio Nobel, pero no el de Literatura, sino uno otorgado por sorteo. Al parecer, una investigadora de la Universidad de Upsala había descubierto una cláusula en el testamento de Alfred Nobel en la que, por algún motivo, nadie había reparado antes. En ella se especificaba que, una vez reconocido el trabajo de los más destacados médicos, químicos, fisiólogos, escritores, físicos e impulsores de la paz, era preciso reconocer también el componente fortuito al que toda vida está sujeta. Que la excelencia no es solo cuestión de esfuerzo, sino que también la suerte interviene. Como ese alquimista alemán que buscando la piedra filosofal descubrió el fósforo en la orina. Por eso el señor Nobel decidía conceder un premio extraordinario que se otorgaría, claro, por sorteo. Y que, en ese sorteo, guiado siempre Alfred Nobel por un espíritu profundamente humanista, estaban incluidas todas las personas vivas en el momento del fallo, nunca mejor dicho. La mera condición de ser humano (y estar censado en algún lugar, supongo) te hacía susceptible de merecer el reconocimiento. En el texto en el que se hacía público el fallo, leído por el secretario permanente de la Academia Sueca, se subrayaba que yo era ganador del premio por puro azar y que, con el galardón, no solo se honraba a la fortuna sino que, de paso, se querían reconocer mis esforzados intentos por soldar dos cuadradillos de acero de veinte por veinte milímetros de lado.

Por supuesto, a la cena de gala en el Salón Azul del Ayuntamiento de Estocolmo, apretado entre Anaïs y un señor en frac con el pecho atiborrado de medallas, yo acudía vestido con mi ropa de trabajo, que no estaba precisamente limpia. Frente al atril y la *crème de la crème* de la sociedad sueca, me costaba pasar las páginas del discurso con los gruesos guantes de soldar puestos. Además, la máscara, por más que la levantaba, me caía todo el tiempo sobre la cara haciéndome muy difícil leer lo que fuera que había escrito para la ocasión.

Al levantarme, camino de la cocina pasé por el dormitorio intermedio. La cama de Juanlu estaba sin deshacer y, en la otra, Marie dormía con los pies en la almohada. Después de desayunar tomé nota en mi cuaderno de lo que acababa de soñar y luego me puse mi ropa de trabajo, ahora de recoger premios, salí a la calle y rodeé la casa. El electrodo con la pinza seguía pegado al cuadradillo. Parecía como si el Vesubio hubiera entrado en erupción el día anterior. Con una tenaza seccioné el electrodo lo más cerca que pude del cuadradillo y luego rebajé con una lima el pegote que quedaba. Era temprano y no quería despertar a la familia con la amoladora eléctrica. Cuando hube limpiado el desastre llamé a un amigo con experiencia y le pedí instrucciones básicas para soldar. Me habló del ángulo al que el electrodo debía situarse con respecto a las piezas a unir, del regulador de tensión de la máquina y me dio un dato que pretendía ser definitivo: el chisporroteo tiene que sonar como si estuvieras friendo pollo, me dijo. Pollo, pensé yo. Y no te empeñes en hacer cordones continuos, me advirtió. No son necesarios para lo que te propones, podrías perforar el metal y, además, no te van a salir. Das un punto, esperas a que enfríe, luego das otro, y así sucesivamente. Y a eso me dediqué durante el resto de la mañana, a puntear y a perforar el metal en igual proporción.

Para cuando Juanlu apareció, al final de la mañana, yo había soldado, por llamarlo de algún modo, la mitad de las piezas. Era una historia larga, me dijo, pero se había liado en el bar y una cosa llevó a otra y, en fin, que ya estaba de vuelta dispuesto a seguir trabajando. No quise preguntarle por los detalles y aproveché su lamentable estado para intentar que valorara mis avances con benevolencia. Miró de cerca algunas de mis soldaduras y pasó el dedo por varias de las perforaciones. A pesar de su evidente deterioro cognitivo juzgó el trabajo como muy penoso y deficiente para, a continuación, añadir que lo daba por bueno y que siguiera yo soldando lo que quedaba porque él se iba a echar a dormir y no sabía cuándo se despertaría.

Si Juanlu hubiera sido mi jefe, yo habría sido despedido. Pero no era mi jefe y, además, había una claridad admirable en él, capaz de distinguir lo importante de lo accesorio. En aquella casa, más que en ningún sitio, lo importante era que el resultado del trabajo satisficiera una necesidad o solucionara un problema. Que ese resultado fuera fino, que diera gusto verlo o pasar los dedos por las uniones y no notarlas, todo eso que apreciamos en la mejor artesanía, era irrelevante para él, aunque no para mí, que aún creía de verdad en que lo útil podía ser bello. Es más: debía ser bello.

El fin de semana terminó y el almacén quedó listo. A pesar de que la pintura todavía estaba fresca, seguía oliendo a ratones, pero allí estaba, ordenado en vertical, todo lo que antes había estado repartido por el suelo. En ese sentido, habíamos cumplido nuestro objetivo porque las estructuras, incluso teniendo uniones tan deficientes, eran firmes y capaces de soportar sobradamente las cargas. Repasando esas uniones pensé que aquello era solo el principio de un camino. Que las siguientes soldaduras mejorarían y que a partir de aquel fin de semana sería capaz de conseguir el feliz chisporroteo y que incluso podría controlar la temperatura de modo que no volviera a perforar ningún metal. No sabía entonces que, por mucho que lo intentara en el futuro, jamás lograría resultados aceptables. Que aquella habilidad terminaría sometiéndome y que fracasar en lo que me proponía no era el fin del mundo, sino la única forma posible de estar en él.

20

Durante los siguientes días, el episodio de la soldadura y el Nobel me dieron que pensar porque, por así decirlo, eran dos extremos del mismo fenómeno. Por un lado, el intento de alguien por hacer algo por primera vez, sin saber cómo, y, por otro, el premio que simboliza la cúspide de una tarea profesional, el grado más alto de desempeño.

En la casa yo solía emprender tareas nuevas para las que no estaba preparado. Simplemente, me ponía a ello. En ocasiones las cosas salían mal, en otras se satisfacía una necesidad y, de vez en cuando, conseguía resultados aceptables. Lo que iba aprendiendo era a disociar el resultado de la iniciativa. Sabía que, al final del proceso, el resultado podría ser deficiente, pero eso ya no me impedía comenzar. Es más, a medida que la excelencia perdía valor en el mercado, mi mercado, ganaban fuerza la fortuna y la casualidad. Tendemos a apreciar los logros obtenidos tras un largo y minucioso trabajo y a devaluar lo que aparece en nuestro camino sin esfuerzo. Un lienzo de Delacroix tendrá siempre más admiradores que uno de Rothko, porque el primero parece haberse esforzado más que el segundo.

Durante mucho tiempo apliqué ese mismo principio a la escritura. Cuando un texto brotaba solo, recelaba y, por lo general, lo tiraba a la papelera. Un texto no podía ser bueno si no mediaba un gran esfuerzo. Lo excelente tiende a la solemnidad; y lo casual, al humor. Ambos espacios son igualmente necesarios, pero en ese momento de mi vida la ligereza y lo fortuito eran más importantes.

De nuevo pensé en Buscaglia porque en él, la inteligencia, el instinto y el humor están vinculados de la manera más fluida y natural que he visto nunca en nadie. La excelencia en él carece de toda afectación.

El día en el que le conocimos, Javier y yo acabábamos de llegar al Cabo Polonio después de pasar un par de semanas en Montevideo. Queríamos salir de la ciudad y Karim, nuestro amigo allí, nos propuso varias opciones costeras. Podríamos ir a Punta del Este, pero no nos iba a gustar. Estaban Punta del Diablo, buena opción; Piriápolis, donde había una exposición con 777 piedras con forma de corazón, y el Cabo Polonio, a donde podríamos llegar directamente o caminando por la playa desde Valizas, otro asentamiento costero. Elegimos esa opción, caminamos por la playa, vimos leones marinos muertos, llegamos al cabo, buscamos alojamiento y esa noche nos pasamos por una cabaña en la que había un concierto. La música de Buscaglia me fascinó desde el primer momento. Tocaba una guitarra vieja con un sonido muy cálido. Los dedos de su mano izquierda se movían por el mástil con naturalidad a pesar de la complejidad de lo que interpretaba.

Al terminar, nos acercamos, comentamos el espectáculo y yo me ofrecí a buscarle algunos conciertos en España. Me dio un CD, nos despedimos y siete meses después estaba llamando al telefonillo del cuarto piso que yo compartía en la calle Argumosa de Madrid. Por algún motivo, no se podía abrir la puerta desde arriba, así que metí la llave del portal en un calcetín y la tiré por el balcón. Todavía nos reímos cuando recordamos esa escena.

21

El verano de aquel año lo pasamos yendo y viniendo a la casa. Y, como nosotros, Juanlu y también los amigos de unos y de otros que andaban por la costa y se acercaban hasta allí atraídos por aquel lugar que ya hacía tiempo que iba de boca en boca. Aparecían a la hora de comer y se sumaban a la mesa con vinos que traían o lomo de orza, un melón tibio y dulce, unos bizcochos que habían comprado en una venta de carretera, en las serranías de Málaga, un buen café portugués, unos chicharrones de Cádiz. Esos días, los niños llenaban el patio y las siestas. Gritaban, reían, perseguían a los gatos, exploraban los contornos y traían garrapatas que había que quitarles con cuidado. Entre unas visitas y otras, yo encontraba cierta tranquilidad para escribir antes de que los demás se despertaran. Me levantaba, me preparaba café y pan y escribía bajo la parra que, hasta ese verano, solo ocupaba un lateral del patio. Allí debajo teníamos la mesa con su hule y allí me metía yo todavía sorprendido porque pudiera ganarme la vida escribiendo.

Uno de esos días me detuve en algo que llevaba observando desde la primavera, pero a lo que no había prestado verdadera atención. Las hojas de la parra tenían manchas, muchas amarilleaban o se arrugaban, los bordes secos; los racimos parecían apulgarados y lo raro era encontrar alguna uva sana. La buganvilla que Juanlu había plantado ese año, en el mismo arriate de la parra, sin embargo, se veía pujante. Sus varas se elevaban y perforaban el palio enfermo de la parra proyectándose hacia el cielo limpio como fuegos artificiales. El fucsia intenso de sus brácteas contrastaba con el ocre de las hojas de la parra que, en esa época del año, deberían verdear intensamente y expandirse guiadas por su pulsión colonizadora. De haber sido así, los racimos hubieran seguido el viaje hacia su septiembre. Podríamos haber servido el postre con tan solo ponernos en pie y levantar la mano. Munificencia de la naturaleza.

Pero, muy al contrario, aquel sería un verano mezquino en el patio, sin cosecha ni munificencia. En las huertas en las que yo había trabajado no había vides ni parras. Sabía que era una planta, como algunas hortalizas, propensa a fijar un seudohongo llamado mildiu. Cuando tuve que atacar esa enfermedad en las tomateras, aprendí que era muy difícil erradicarla una vez desarrollada y extendida. Que era preciso un tratamiento preventivo a base de cobre para crear un ambiente hostil al hongo antes de que se asentara y tomara la planta por completo. Con nuestra parra, ese tratamiento debería haberse hecho a principios de la primavera, algo que no previmos en su momento. Se me ocurrió entonces una idea que creí definitiva. Si había alguna solución para aquella parra, Rafaela la tendría. A fin de cuentas, llevaba toda la vida allí, cuidando huertos desde que era niña, viendo aquella parra frente a su casa un día tras otro, un año tras otro.

Llamé a su puerta y, mientras esperaba, me sentí como uno de esos jóvenes discípulos que acuden al maestro en busca de sabiduría. Tendría que haberme traído un gong, pensé. Su casa, como la nuestra, estaba en el límite del núcleo urbano. Más allá de sus paredes, solo había campo. Desde su patio de entrada, igual que desde el nuestro, se podía ver cómo abajo, en la llanura, los colores pardos amalgamaban los pastos con las copas chaparras de los acebuches y las encinas. Todo, desde aquella altura y distancia, quedaba enrasado, como quien mira por unos prismáticos. El curso de un arroyo se podía seguir por la hilera de los altos alisos que prosperaban a lo largo de su cauce.

Rafaela sabrá lo que hacer, me decía mientras esperaba. Lo pensaba porque la mujer había nacido en un cortijo a unos veinte kilómetros del pueblo, en el año 1932, y allí había estado hasta que, con veintiún años, se casó y se mudó a la casa en la que ahora vivía con Manuel. Perdió a su padre muy pronto y su madre, a cargo de cinco hijos, tuvo que delegar prematuramente muchos de los trabajos domésticos. Rafaela había trabajado la tierra desde que era pequeña. La imaginé con cinco o seis años dando de comer a las gallinas o sembrando ajos en la pequeña huerta que tenían a la espalda de la casa. Conecté esa visión con las muchas veces que había vuelto del campo y nos había traído tagarninas, caracoles, mejorana u orégano. Una vez me vio cojeando y me dio un frasco con alcohol de romero que ella misma había preparado. Date unas friegas, me dijo, y en dos días se me pasó el dolor.

Mientras esperaba a que abriera la puerta, yo anticipaba la conversación que íbamos a tener: me dirá que para lo que le pasa a la parra debo poner a macerar, con luna llena, una cabeza de ajos en aceite de hibisco y dejarla allí durante once días. Tendré luego que quemar una parte del aceite y, con la otra, mojar las puntas tiernas de las varas de la parra justo cuando empiecen a brotar. Mencionará a algún santo, pronunciará un refrán y, así, llegaremos a tiempo para tener uvas como soles en septiembre.

Finalmente Rafaela abrió la puerta. Vestía su habitual bata de paño y sus zapatillas de andar por casa, que eran también las que usaba para venir a la nuestra y, en general, para ir a cualquier parte en el pueblo. Le expliqué el caso de la parra y le pregunté por un remedio. El gong estaba a punto de ser golpeado, me iba a ungir con su sabiduría ancestral. Se quedó un momento pensando y luego dijo: «Eso seguro que lo encuentras tú por internet».

22

En internet, en efecto, encontré muchos posibles remedios, pero todos llegaban tarde porque ya era julio y no había vuelta atrás. Cortamos todos los racimos y las niñas se los fueron llevando a las gallinas que un vecino tenía sueltas por los alrededores de su casa. También aprovechamos para retirar las hojas muertas y los tallos más raquíticos. Si no íbamos a poder curarla, al menos, debíamos aliviar a la planta de todo el lastre posible. Fue entonces, frente a la nueva desnudez de la parra, cuando percibí con claridad el estado de aquella planta que había pasado tantos años desatendida. A pocos centímetros del suelo, el tronco principal se dividía en ramas muy gruesas que ascendían retorcidas y enmarañadas cerrando la vista en dirección a la llanura. Con la casa deshabitada durante tanto tiempo nadie había impedido que los brotes bajos prosperaran hasta engrosar y ahora era ya imposible retirarlos sin dañar gravemente la parra. Un poco más arriba, la maraña había ido cargando el emparrado original hasta vencerlo. Quienquiera que lo tendió, muchos años atrás, no fue capaz de prever el extraordinario vigor de la planta. Quizá pensó, como todos en algún momento, que la muerte no le alcanzaría y que siempre estaría allí, presente, para retirar los brotes bajos a medida que asomaran.

La precaria estructura que soportaba la parra consistía en dos tramos de tubo de fontanería tendidos sobre pilares de cemento, uno en la fachada y otro en el centro del patio. El primer tramo de tubo unía por arriba esos pilares y el siguiente apoyaba uno de sus extremos en la columna central y hundía el otro en la fachada de la casa. Desde esos tubos, en su origen firmes, habían tensado una malla de alambre hacia la fachada a donde la habían fijado por medio de hembrillas atornilladas a tacos de plástico. El tiempo y el abandono habían asilvestrado la planta y, aquel día, se apreciaba mejor que nunca cómo el peso de las ramas y la propia tenacidad vegetal habían terminado por arrancar muchas de las hembrillas. En la zona en la que las dos paredes del patio convergían, el emparrado estaba tan hundido que apenas se cabía debajo. Con el tiempo, quizá en los últimos años del antiguo cuidador, se habían ido añadiendo soluciones de fortuna para contener la planta. La visión de los materiales incorporados producía un efecto desasosegante: hilos de alambre galvanizado, tacos de plástico colgando, agujeros en la pared, hierros de diferentes secciones y grosores, algo de cuerda, tornillos y tuercas, chapas vierteaguas, alambres sin galvanizar, cemento, varillas de hierro, tirafondos. Una ferretería sobre nuestras cabezas. Un caos que solo la naturaleza era capaz de amalgamar con su crecimiento constante. Los brotes nuevos de cada primavera ocupaban los espacios libres. Sus zarcillos se enrollaban en cualquiera de esos elementos metálicos y la planta abrazaba el desorden, remansándolo. En verano, vista desde la azotea de la casa, la parra era una fronda continua, como una Amazonía en miniatura. Ni rastro de toda esa disparidad que subyacía. Solo un pequeño bosque tendiendo al sol, agitado por el viento.

Con el uso que empezaba a tener la casa, intervenir en aquel caos me pareció razonable. Con un poco de trabajo y nuevos cuidados, la planta ganaría fuerza; y nosotros, un espacio habitable.

A la hora de comer les conté mi plan a Juanlu y a Anaïs y, esa misma tarde, nos pusimos manos a la obra. La idea era no solo mejorar las condiciones de lo que había, saneando y simplificando el emparrado existente, sino ampliar la zona de sombra para que, como la casa, formara también una ele. De esa manera, cubriríamos la fachada principal haciendo que la transición entre el interior fresco y sombrío y el exterior refulgente no fuera tan traumática.

En otras circunstancias (una casa propia) o con otro compañero (un profesional), no habríamos podido comenzar los trabajos esa misma tarde. Pero ni la casa era nuestra, ni estaríamos en ella para siempre y ni Juanlu ni yo éramos profesionales. No teníamos que hacer una obra de arte que nos sobreviviera. No teníamos que responder ante un cliente que nos fuera a pagar. No teníamos que pedir permiso al propietario. Ni siquiera teníamos que ir a comprar materiales porque los amigos que reformaban sus propias casas habían ido depositando en el corral pequeño todo tipo de cosas. Allí estaban los recios percheros de la tienda de materiales de montaña que Anaïs había regentado durante los años previos y que había tenido que cerrar poco tiempo antes. Había un juego de ventanas de hierro, hojas y marcos, pertenecientes a una casa de campo en el Aljarafe sevillano. Había, por supuesto, varios palés de madera, rollos de alambrada, chapa ondulada de zinc, las ruedas de campo de un todoterreno viejísimo que Juanlu le había comprado a un hombre de Jerez de la Frontera. Con el tiempo también hubo allí montones de grava y de arena, una hormigonera portátil, mangueras cuarteadas y muchos somieres de alambre. Individuales y de matrimonio. Allí se apilaron, años después, alpacas de paja para los animales que llegarían. Y allí también se depositarían las extrañas compras de Juanlu: vallas publicitarias de carretera despiezadas (buenas chapas, decía Juanlu), sus estructuras de soporte (buenos hierros), lonas viejas de camiones (el mejor impermeable), bloques de termoarcilla (con esto haremos algo, ya verás), baldosas hidráulicas (duran toda la vida).

Fue Marie la que bautizó aquel lugar como la *chatarrerie* porque en francés, decía, todo sonaba más bonito, incluido aquel montón de basura. No conocía el idioma, así que se limitaba a pronunciar la palabra española, pero con mucho acento francés: *le chatarrerie, le porte, le agbol, le cosh*, decía señalando el coche.

Empezamos retirando de la parra los materiales inútiles, tratando de dejar solo el primer tramo de tubo y la malla, que restauramos con nuevos alambres. Sobre el tramo de tubo que iba del pilar central a la fachada, apoyamos la nueva visera que no era otra cosa que una gran parrilla de metal encontrada en un vertedero. Era más grande de lo necesario, pero era perfecta porque había cumplido la misma función en su emplazamiento original.

Pasamos la mañana cortando aquí y allá para adaptar su forma a nuestras necesidades y, una vez cortada, yo me encargué de soldar entre sí los nuevos extremos. Para entonces Juanlu ya se había desentendido de esa tarea. Me dejaba hacer como si yo fuera el oficial de metalistería. Delegaba en mí porque mi entusiasmo era tal que no le quedaba más remedio. Quitarme la máquina de soldar hubiera sido como quitarle un helado a un niño.

Esa nueva visera sobre la fachada de la casa, cuando fue colonizada por la planta, proyectaba sobre el suelo del patio una sombra con manchas tenues de luz. Nos parecería entonces increíble que no se nos hubiera ocurrido antes sombrear aquella zona, extender el espacio habitable nada más salir por la puerta de la casa. Bajo aquella sombra se sentarían muchas mañanas Rafaela y Manuel, que vendrían con unos tomates o unos pepinos. Nos preguntarían por Juan Luis, como llamaban a Juanlu, o por Mayoyi. Hablaríamos del viento incesante y del calor en los días calmos de verano. No aceptarían unos botellines frescos de cerveza para no entretenerse. Había que hacer la comida y echarse una siesta. Aquella nueva sombra, como en su día el encalado, nos acercaba a ellos y al pueblo, hundía nuestras raíces en aquel patio y en aquellos vecinos que nos regalaban los frutos de su huerta.

Esa nueva sombra creó una transición entre el interior y el exterior de la casa, entre la intimidad y el encuentro con los demás, entre nosotros y el pueblo. Aquella sombra se convirtió en un cordón umbilical.

23

Hacia final de agosto, el hombre que nos había ayudado con la puerta el día de nuestra llegada empezó a pasar por delante del patio casi cada tarde. Llegaba a eso de las siete, hacía su saludo de grumete y seguía su camino en dirección al corral grande donde ahora guardaba un caballo blanco al que llamaba Pérez. Al rato volvía a pasar en dirección contraria, montado en el caballo, y se perdía ladera abajo.

Yo ya conocía su nombre, pero la cicatriz de su cuello y su saludo marinero me recordaban tanto a *La isla del tesoro*, que empezó a aparecer en mis notas como Billy Bones o Bones, que es como empezamos a llamarle en casa.

Tardamos algún tiempo en entablar conversación. Fue una tarde en la que amarró el caballo a uno de los postes del tendedero que había frente a la casa y regresó al corral en busca de algo que había olvidado. Yo estaba en la cocina y vi, más allá del romero, el lomo del animal. Me limpié las manos y salí. Era un caballo imponente, alto de cruz y algo nervioso. Tuve que acariciarle durante un rato hasta que comprobó que yo no era una amenaza para él. Tenía el cuello terso, las crines largas, bien cuidadas, y el flequillo le caía por entre las orejas tiesas. Observé el aparejo con atención: la muserola de cuero, brillante por el uso y el sudor del animal. Los ojos negros eran profundos como bolas de obsidiana. Tenía el bocado tenso y las comisuras de los labios no dejaban de soltar espumas blanquecinas que caían al suelo terroso y lo humedecían. Recorrí con mi mano su cuello y su pecho. La piel se agitaba con espasmos allí donde los tábanos se posaban. La silla, también de cuero, tenía la concha y la perilla tachonadas y una zalea de borrego la acolchaba. A solas, tan cerca de aquel animal, comprendí la pasión que muchas personas sienten por los caballos. Su volumen es colosal comparado con el del cuerpo humano. Su anatomía es equilibrio y fuerza.

Acariciando su cuello terso, me llamó la atención el contraste entre el dorso oscuro de mi mano y el pelaje claro del caballo. Dejé de acariciarlo y me observé la mano derecha. No sería capaz de distinguir mi palma de otras palmas pero sí el dorso, porque lo vi miles de veces en la mano de mi padre. Los mismos dedos largos, huesudos y nudosos, las venas saltonas montándose unas sobre otras como en una escultura de Cristina Iglesias. Las uñas de los pulgares, anchas y estriadas, en su caso, amarillentas por los años de fumador. Pero no solo en la forma mis manos eran un calco de las manos de mi padre. Era el modo en el que se movían. Los pequeños gestos que él hacía, imperceptibles muchas veces. Idéntica forma de rascarse un oído, de cruzar las manos en la espalda mientras caminaba y pensaba, de agarrar el volante del coche. Que yo sea consciente, no hay mímesis en ello. No me siento, le observo y memorizo sus gestos sino que un día me sorprendo a mí mismo agarrando un vaso como él lo hacía. Y es exactamente eso, una sorpresa. No he hecho nada por moverme así, no tengo ningún interés en ello. No necesito esos gestos para recordarle. Por supuesto, no pretendo ser él. Mi cuerpo, sin más, se expresa con una gestualidad que recuerda a la suya. Me hubiera gustado observar a mi abuelo Leandro, pero murió treinta y seis años antes de que yo naciera. Quizá agarraba el martillo como mi padre y como yo. Sabía que las manos tenían su propia memoria, pero nunca había pensado que también tuvieran su propia estirpe.

Bones llegó con una pequeña alforja de lona que encajó sobre la concha de la silla haciendo que los dos bolsillos pendieran sobre los costados del animal. Me contó que había tenido a Pérez abajo, en el valle, en una cuadra pequeña hasta que Juanlu le invitó a guardarlo en el corral que había junto a la casa. Me contó también que le gustaba salir al campo al atardecer, a dar paseos cortos antes de la cena, y que muchos fines de semana se iba y pasaba la noche en el monte, al raso. Mientras me hablaba, apretaba cinchas y correas del aparejo, ajustaba cordeles o asentaba las alforjas. En un momento quise pasarme al otro lado de Pérez y comencé a rodearle por detrás, tan próximo a su cola que Bones tuvo que echarme una mano al hombro y hacerme retroceder. No pases nunca tan cerca del culo de un caballo que no te conoce. Te puede destrozar de una coz. Eso fue lo primero de lo mucho que aprendería con Bones.

Mientras él seguía ajustando piezas del aparejo, pude observar en detalle la cicatriz que le corría por el cuello abajo. Reparé también en cómo movía el brazo derecho, algo más contraído que el izquierdo. Me miró y yo me vi sorprendido. Desató las riendas del poste y las pasó por encima de la cabeza del animal. Agarró la perilla con una mano, metió una bota en el estribo y montó. Luego se llevó los dedos a la frente y azuzó a Pérez. Los vi rodear la casa de Rafaela y Manuel y seguir a paso lento hasta un portillo que, a lo lejos, impedía a las vacas entrar en el pueblo. Lo abrió sin descabalgar, lo cerró a su espalda y, entonces sí, se alejó al paso en la tarde tibia.

Fue Juanlu el que me contó la causa de aquella enorme cicatriz y de la contracción del brazo de Bones. Y, de paso, me enteré de por qué le había apodado Usbarna. Porque solo él le llamaba así y, al parecer, únicamente cuando hablaba conmigo. Bones se había traído su cicatriz del monte por el que tanto le gustaba cabalgar. Sierras que, a medida que se escarpaban, se iban plegando. Valles cada vez más profundos y laderas arrugadas allá donde los arroyos las hendían. En las cumbres afloraban farallones calizos donde los buitres esperaban la muerte de los demás animales. En las riberas crecían alisos y álamos blancos que con el viento volteaban sus hojas haciendo que guiñaran entre el verde intenso de los haces y la plata de sus enveses. A baja cota chaparros de enebro, acebuches, palmitos y lentiscos. Y, un poco más arriba, alcornoques tapizando las laderas de las montañas, tan solo punteados por algún eucalipto o por pinos piñoneros. Los alcornoques se espesaban monte arriba formando un bosque tupido que se perdía por detrás de las cuerdas y los collados y se extendía hacia el norte ocupando territorios de tres provincias. Aquellos árboles, en pleno siglo XXI, seguían dando sustento a los pueblos cercanos. Entre sus troncos prosperaba un cortejo herbáceo que alimentaba a las cabras, a las ovejas y a las vacas. Los visitantes otoñales, cuando el año era bueno, recolectaban allí níscalos. Pero, sobre todo, lo que el alcornoque entregaba a los pueblos era su corteza. La extraían cuadrillas de trabajadores hábiles y cuidadosos. Yo los vería con mis propios ojos algunos años después, el mismo día en el que Beleña, una burra vieja, me tiró al suelo como a un Sancho desprevenido.

El alcornoque *(Quercus suber)* es un árbol indómito. No se planta en hileras, como los chopos madereros o los frutales. El alcornoque crece donde le place. En la soledad de los montes se mancomuna y forma bosques de marcos amplios y copas extendidas como parasoles. No le hace ascos a las pendientes ni a las escarpaduras. Así que quien quiera su corcho o su bellota tendrá que ir hasta el lugar en el que ha decidido vivir. Parajes, la mayor parte de las veces, alejados de los caminos forestales. Una vez descorchados, es preciso sacar de allí las panas y llevarlas a los caminos o los claros donde los camiones pueden llegar. A veces la distancia es mucha y otras no, pero el corcho, además de pesado, es voluminoso porque sale del árbol en grandes planchas alabeadas, según el perímetro de cada ejemplar. Y así como muchas de las labores agrarias y forestales han conseguido ser mecanizadas, el transporte del corcho por el bosque cerrado todavía no. Son las mulas las que, de momento, hacen ese trabajo mejor que nadie.

Bones había sido arriero. Había aprendido de su padre el oficio de aparejar recuas y llevarlas hasta los lugares más remotos de las sierras. Conocía cada árbol y cada paso de arroyo. Sabía dónde estaban las ranas, dónde abrevar a los animales incluso en los días más calurosos del verano; en qué claro parar a pasar la noche; dónde encontrar caracoles; dónde afilar la navaja; dónde conseguir queso, y qué venta aislada tendría cerveza fresca para un recién llegado.

Bones, su padre y el resto de la cuadrilla estaban trabajando en una finca. No descorchaban sino que podaban alcornoques a medio día a caballo desde el pueblo. Bones utilizaba una motosierra con la que dividía grandes ramas en trozos más pequeños. Unos meses después, tras dejar la madera secar en el campo regresaría con las mulas para recogerla. Manejaba la máquina con soltura porque llevaba haciéndolo desde muy joven. Quizá por eso, me contó Juanlu, cometió un descuido. En un momento metió el espadín de la sierra y la punta encontró un nudo denso en la madera. La máquina rebotó, Bones perdió el control y la hoja dentada se le echó encima.

Fue su padre el que se quitó la camisa, hizo una bola con ella y le apretó la yugular hasta que consiguieron llevar un todoterreno al lugar donde se desangraba. Y siguió apretando con fuerza, entre curvas y baches del camino por el que avanzaron hasta salir a una carretera comarcal y llegar al hospital. Había perdido tanta sangre que fue un milagro que no muriera en medio del bosque o en el coche. Su padre, por segunda vez, le había dado la vida.

La historia de la motosierra fue durante días el tema de conversación en el pueblo. Una motosierra, me contó Juanlu, de la marca sueca Husqvarna.

24

Bones había tomado la costumbre de apersogar a Pérez en el tendedero, frente a la casa. Había muchos sitios en los que atar el caballo antes de llegar a nuestra puerta, pero él prefería hacerlo allí. O buscaba conversación o, simplemente, le producía curiosidad aquella familia de forasteros. Si él o yo hubiéramos fumado, aquel hubiera sido un buen sitio para compartir un cigarrillo. La llama refulgente del fósforo hubiera iluminado las formas rotas de su rostro, bajo el ala del sombrero que solía llevar cuando salía al campo. Habríamos estado de pie, los dos, mirando al horizonte amplio y tranquilo. Envueltos por nubes de humo blanquecinas que tardarían en dispersarse. Cada uno concentrado en sus propios demonios, los dos en silencio.

Pero eso con Bones era imposible. No solo no fumaba, sino que hablaba por los codos. A mí eso me gustaba a ratos y a ratos me cansaba porque, después de los primeros minutos de conversación, tendía a repetirse. Particularmente si había gente del pueblo cerca. En esos casos interpretaba el papel de hombre jocoso, tirando de tópicos, personajes y apodos. Contaba una y otra vez las mismas anécdotas en las que solía exagerar y en las que, casi siempre, había alcohol en abundancia. Era como si, frente a los que le habían visto nacer, tuviera que representar un papel previsible y muy acotado.

Me gustaba su charla, en cambio, cuando se sabía no observado. Si no había nadie más alrededor, todo era mucho más concreto. Me hablaba de Pérez y del campo y citaba cortijos, pedanías, manantiales, caminos y plantas. Los nombres de estas últimas, como suele ser habitual en los pueblos, diferían de los que figuraban en las guías botánicas. En ocasiones eran adaptaciones fonéticas de un nombre ya asentado y en otras, simplemente, eran nombres nuevos. Como si cada valle de España hubiera nombrado cada planta por primera vez, tiempo atrás, cuando el mundo era joven todavía.

Bones nunca rechazaba una cerveza fresca, así que, cuando paraba allí, yo le ofrecía un trago que él siempre aceptaba. Así fue como comenzamos a hablar con regularidad. Yo le preguntaba por sus planes para la salida de ese día y él describía el recorrido utilizando la nomenclatura local: bajaré por el camino del cuartel hasta el merendero y desde allí me desviaré por lo de Julián para cruzar por el arroyo. A Pérez le gusta refrescarse allí. Y continuaba marcando hitos de paso que yo solo conocía por sus descripciones, a veces someras y otras profusas, que iban formando en mí una imagen mítica del territorio que se extendía más allá de los límites del pueblo. Los detalles del fondo del valle que yo veía desde nuestro patio, indistinguibles desde la distancia, tenían, sin embargo, una cualidad tangible en mi imaginación. Aquellos nombres actuaban en mí igual que los topónimos de las películas de vaqueros que veía de niño. Cabalgaremos seis millas hacia el sur, hasta Witches Creek, donde nos separaremos, le decía el protagonista a su compañero de fatigas antes de espolear a sus caballos. Yo no sabía lo que era una milla, ni dónde estaba el sur, ni qué significaban *Witch* o *Creek*. La uve doble o la ka. Todo era extraño y misterioso. Bones me hablaba de cortadas y riscos, más cercanos a mi mundo, pero que a mí me producían la misma curiosidad que en las películas. Sus motivos para salir al monte eran igual de sugerentes: quiero ver si la yegua de mi hermana sigue cerca de la fuente de tal; o comprobar el nivel de agua del pantano, un desprendimiento de rocas, un camino cerrado, una vaca muerta, los comederos en los que los guardas cebaban a los corzos.

Su radio de viaje, en cualquier caso, era siempre corto. Nunca oí que tuviera intención de tomar un avión. Ni siquiera, salir de la provincia. El mundo que le interesaba estaba a la distancia a la que podía llegar montado en Pérez. A veces era una salida de una tarde, a veces travesías de una semana de las que volvía con la piel apergaminada y los ojos medio cerrados por el azote del sol. Yo imaginaba esos largos viajes a caballo, sin otro propósito que estar allí, sin nadie más. Tan solo el caballo, él y los animales que se escondían a su paso. Me gustaba escucharle porque, a su regreso, traía noticias de ese mundo extraño, de parajes que yo solo podía imaginar.

Con él también venía un conocimiento preciso de esa realidad de radio corto. Como si la pequeñez del territorio le permitiera abrir los sentidos de una manera especial. Este hecho me hizo pensar mucho, sobre todo cuando, después de estar con él, regresábamos a nuestra casa del centro de Sevilla. Hasta allí llegaban, cada día, miles y miles de turistas venidos de todas partes del mundo. Yo los veía concentrados siempre en los mismos puntos de la ciudad, a veces moviéndose en grupos como rebaños siguiendo a un guía. Y esos viajes largos y gregarios me recordaban una forma en la que yo también había viajado en otros tiempos. Lugares lejanos de los que, con frecuencia, no me traía más que un puñado de estampas pintorescas. Ningún conocimiento, ninguna penetración en esa otra realidad humana y cultural. Ningún poso particularmente sustancioso. Bones, en cambio, mantenía una relación con ese espacio que era íntima y pausada, sin que, por otra parte, se interpusiera la pantalla de la cultura, como me sucedía a mí.

Yo también me crie en un pueblo, en mi caso, entre encinas y olivos, pero le debía esas ganas de explorar al cine del Oeste y a sus caballos, capaces de llegar a donde el pie no llegaba. En aquellas películas los hombres se desentendían del mundo y de los otros hombres y, simplemente, desaparecían en la inmensidad de las llanuras o entre los bosques, renunciando a lo que los demás consideraban necesario para vivir. Yo imaginaba a Bones, como a aquellos personajes, cruzando un río a pie, sin descalzarse, tirando de las riendas de Pérez. Igual que hacían los tramperos de las montañas de Wyoming, en pleno invierno. Me fascinaba ese desprecio por la comodidad. En las películas, el trampero podría haber cruzado el arroyo buscando un estrechamiento, corriente arriba. Habría saltado de una roca a la siguiente y asunto resuelto. Pero en lugar de eso, metía los pies en el agua helada y luego seguía su camino con los pies mojados y apestosos, como si nada.

A Bones yo lo veía metiendo los pies en el agua o tumbado en un claro, junto a una fogata, rodeado por los árboles y la noche, ahumándose con la lumbre. Como el trampero, durmiendo vestido, con las botas puestas. Ignorando los insidiosos mosquitos y despreocupándose de las pequeñas culebras que pasarían cerca de sus brazos en medio de la noche sosegada. Y yo quería estar ahí, despreciando también la comodidad de lo conocido, aunque Bones se resistiera a abrirme la puerta de su compañía.

25

Una mañana de sábado, oí los cascos de Pérez pasando frente al patio. Salí de la casa y encontré el caballo atado al tendedero. Bones estaba a unos metros hablando con un hombre junto a un vehículo todoterreno. Parecían discutir, pero yo no era capaz de entender lo que decían. Finalmente se separaron, el hombre subió al coche, lo arrancó y lo acercó marcha atrás hasta que lo tuvo cerca del caballo. Bones me saludó y dijo que el hombre era el herrador que venía a *calzar* a Pérez.

Tenía la piel morena, el pelo gris y arrugas en las comisuras de los ojos. La mandíbula inferior, grande y apretada, le forzaba una media sonrisa como de hombre satisfecho. Bones le miraba sacar sus herramientas del coche sujetando a Pérez por la cabezada. Rara vez hacía eso. Una vez que el caballo estaba asegurado al poste, iba y venía, inquieto, como era él. Ajustaba el aparejo, volvía al cercado, palmeaba a Pérez o le pasaba un peine de curry por la grupa. El hombre siguió trayendo cosas del coche hasta que se paró en seco y le preguntó a Bones que si no iba a echar una mano, a lo que Bones respondió que con lo que le cobraba por herrar, más bien tendría que ser él quien le pagara por aguantarle el caballo. El herrador no hizo ningún gesto. Se puso unos zahones gruesos, gastados por el mucho uso. A sus pies había colocado un yunque montado sobre una gran peana cuadrada, un cubo con algunas herramientas, las herraduras, una caja con clavos y otra con tungstenos y un taladro de columna para el que me pidió corriente. Fui al almacén y, mientras regresaba con un rollo de alargador, me acordé de la escena de *Pulp Fiction* en la que el Señor Lobo le pide café a Quentin Tarantino. Comienza en ese momento entre ellos una relación, paralela a la de los protagonistas, que se va haciendo cómplice, pero que en ningún momento deja de ser distante. Entré en la casa, enchufé el cable en la cocina y lo desenrollé hasta donde estaban.

Bones seguía lanzándole puyas al herrador sobre lo que había tardado en aparecer desde que lo había llamado y, de nuevo, se quejó de lo mucho que le cobraba. El hombre parecía sonreír, no porque le hicieran gracia los comentarios de Bones sino porque esa era la expresión neutra de su rostro.

Antes de empezar, el herrador se aseguró de que el caballo estuviera bien amarrado al poste y luego se puso con las manos de Pérez. Primero se metió debajo de las costillas, mirando hacia la grupa del caballo, con la cabeza pegada a su panza. Separó los pies, agarró la mano por la cuartilla y se la llevó a la entrepierna, donde inmovilizó el casco haciendo presión con sus muslos. Antes de quitar la herradura vieja, ya se estaba quejando sobre lo mal que tenía Bones al caballo. Que debía haberle llamado hacía un mes. Bones dijo que no se lo podía permitir y que si no los herraba él mismo era porque no le apetecía agacharse. El herrador, entonces sí, forzó la sonrisa y empezó con su trabajo.

Con unas tenazas de mango largo cortó las puntas retorcidas de los clavos que asomaban a medio casco. Luego fue tirando de la herradura hasta que la sacó. Sacudió los clavos que cayeron a la tierra revuelta bajo el tendedero y luego tiró la herradura gastada a un lado y fue cortando las excrecencias del casco hasta que se pudo ver una línea blanca que circundaba la uña. Rebañó la suciedad que había en el interior, cuidando de no dañar la ranilla central. Igualó las dentelladas de la tenaza con una gran lima y cuando creyó que el casco había quedado liso y limpio, eligió una herradura de las que traía, la presentó y consideró que estaba ligeramente abierta por las ramas. Dejó la mano de Pérez en el suelo y se irguió. Pensé que si yo hubiera tenido que trabajar en su posición, hubiera tardado diez minutos en ponerme derecho. Él se fue directo al yunque, donde golpeó la pieza en frío hasta cerrarla lo que consideró oportuno, volvió a presentar y, de nuevo, volvió a llevarse la herradura al yunque, donde hizo unos ajustes finales. Antes de regresar al caballo fijó la herradura bajo el taladro y le hizo un par de orificios al final de cada acanaladura. En cada uno metió un pequeño cilindro de carburo de tungsteno y los remachó con el martillo. Le pregunté al herrador por aquello pero, antes de que empezara siquiera a hablar, Bones me informó de que esos resaltes de tungsteno eran mucho más resistentes que la herradura y que las cabezas de los clavos y que, cuando estas se desgastaban, dejaban la herradura lisa, lo que hacía que los caballos pudieran resbalar sobre los empedrados. El tungsteno seguiría agarrando hasta el momento en que le volvieran a cambiar los *zapatos* al caballo. La seguridad y el equilibrio de aquel animal enorme y poderoso dependían de dos pequeños resaltes de metal del tamaño de una lenteja.

De nuevo con el casco sujeto entre los muslos, colocó la herradura en su sitio y la fue fijando con clavos de cabeza cuadrada que parecían zafiros tallados y cuyas puntas emergieron por la pared del casco. Cogió entonces otra tenaza que yo no había visto nunca, una con una especie de lengua dentada, y con ella fue doblando las puntas hacia abajo y apretándolas fuertemente contra la pared del casco, lo que hacía casi imposible que el animal perdiera la herradura. Le pregunté por esa tenaza y me dijo que se llamaba remachadora. Bones añadió que si le hubiera apetecido a él errar a Pérez, no habría necesitado esa remachadora. Que eso era para aficionados. El hombre volvió a reír. Con la herradura en su sitio, solo le faltó limar el filo del casco para enrasarlo con la nueva herradura. De verdad que aquello era como ver un zapato nuevo.

Como otras muchas veces antes, me pareció que asistir al trabajo experto de otro era un deleite. Cada oficio, cada trabajo que implica el uso del cuerpo, de las manos, genera una gestualidad propia, un lenguaje. Da igual que sea el tenis, el herrado de caballos, la limpieza del pescado o la afinación del piano. Se ve en la danza, en las imprentas, en las alas de oncología pediátrica. Cuando un oficio desaparece se va también su lenguaje corporal. Los pequeños gestos precisos, las ligeras calibraciones, los olores sutiles que libera el tejido del casco del caballo cuando es repasado con la gran lima.

La persona experta, mientras habla en su *lenguaje*, no suele ser consciente de su cuerpo. Simplemente hace. Se mueve en un plano en el que el pensamiento consciente se vuelve innecesario. Es como si, tras la fase de aprendizaje, el conocimiento se depositara solo en los músculos, los tendones y los huesos. Ni rastro, en apariencia, de materia gris.

Este repertorio de movimientos específicos no conscientes los aprecio, sobre todo, en los intérpretes de guitarra. Hay uno que me ha acompañado desde los diecinueve años y que nunca me ha abandonado. Pat Metheny, un guitarrista y compositor nacido en Misuri en 1954. Hacía no mucho que le había visto por última vez en directo. Le acompañaban dos jóvenes intérpretes formados en Berkley. Metheny fue un guitarrista que, desde el principio de su carrera, ofreció un sonido único. No se parece a nadie, por lo que basta con escuchar dos compases suyos para saber que es él quien toca.

Durante las casi tres horas que duró aquel concierto, no miró una partitura. Tampoco al mástil para ver por dónde iba su vertiginosa mano izquierda. Al contrario: es conocido su rostro gesticulante, los ojos cerrados mientras interpreta. El tronco que se retuerce con el instrumento contra el vientre. Durante la actuación pulsó miles de veces las cuerdas con los cinco dedos de su mano izquierda, porque también pisaba cuerdas con el pulgar. Su mente solo parecía intervenir cuando agradecía los aplausos entre pieza y pieza. El resto del tiempo se disolvía en su propia música, en los miles de notas que pulsaba con sus dedos, como si fuera el cuerpo, y solo el cuerpo, el responsable de la ejecución.

Metheny es un músico de jazz, lo que implica que, en cada tema, hay una o varias partes de solo cuya melodía no está escrita en ningún papel. Surge en cada nueva interpretación. No puede haber un pensamiento consciente capaz de dirigir el pulsado en cada una de sus notas. Lo que hay es un cuerpo unido a un instrumento de madera y metal. Un centauro en el que cada parte cobra sentido junto a la otra. Por la otra. Para la otra.

26

Mucho antes de que Bones empezara a amarrar a Pérez al poste, a mí me gustaba aparcar el coche al lado del tendedero. Me gustaba el sitio porque la casa proyectaba su sombra allí durante la mañana. Luego, el sol seguía su curso a poniente haciendo que la mancha sombreada se fuera arrastrando por el suelo. A mediodía, yo hacía avanzar unos metros el coche para que por la tarde siguiera estando al fresco. Anaïs me decía que aquella era la actitud de un hombre anciano. Esa necesidad de tener el coche a la sombra era algo que aprendí, probablemente, viendo a mi padre. Esa clase de gestos eran propios de su época, cuando los coches no tenían aire acondicionado ni estaban bien aislados. A pesar de los argumentos de Anaïs, yo seguía haciéndolo porque me sentía más tranquilo. Quería que cuando subiéramos todos para ir a algún lugar, el interior del coche no fuera un horno y el volante no abrasara. Tenía la sensación, también, de que un habitáculo a sesenta o setenta grados recalentaría tanto los plásticos y las gomas que liberarían algún tipo de compuesto tóxico.

Uno de esos días en los que fui a cambiar el coche de sitio, me encontré con que una de las ruedas estaba pinchada. Arranqué el motor y moví el coche medio metro hacia atrás para intentar averiguar qué había agujereado la cubierta. Tenía una sospecha que necesitaba corroborar y que, de hecho, corroboré: una pieza metálica de forma cuadrada encajada en uno de los surcos de la goma. Un zafiro engarzado.

Busqué el gato en el maletero, levanté el coche y cambié la rueda pinchada por la de repuesto, mucho más delgada y sin tapacubos. Antes de volver a bajar el coche al suelo me entretuve rebuscando en la tierra porque lo más probable es que hubiera más clavos enterrados. Desde aquella primera visita del herrador, habían pasado por sus manos muchos otros caballos en aquel mismo lugar. El de Bones, la yegua de su hermana, el caballo de su cuñado, las mulas que reunía en verano para sacar el corcho, los potros de sus amigos, etc. Aquel poste se había convertido en el amarradero favorito del herrador quizá porque podía acercar mucho el coche o quizá porque, al terminar de trabajar, podía entrar en la casa a asearse.

Necesitaba un taller pero era domingo y esa tarde teníamos que regresar en coche a Sevilla. Llamé a Juanlu con la esperanza de que él supiera qué hacer, a quién recurrir, aunque, más que una esperanza, era una certeza. Desde que había llegado al pueblo, no había dejado de relacionarse con unos y con otros. Paraba en el bar, salía a caballo, participaba en las fiestas de agosto e incluso un año protagonizó la felicitación de Navidad del Ayuntamiento, posando ataviado como un san José junto a la Virgen María y a Beleña. El cénit de su popularidad, lamentablemente, lo alcanzó en un año desgraciado para el pueblo. Un verano, en plena temporada turística, un restaurante de la playa ardió. En él trabajaban varios vecinos del pueblo que resultaron heridos. Algunos de ellos fueron trasladados al hospital Virgen del Rocío de Sevilla. En cuanto Juanlu se enteró de lo sucedido, habló con Mayoyi y puso su casa, muy próxima al hospital, a disposición de los familiares para que pudieran pernoctar en la ciudad mientras duraba la hospitalización. La casa de Mayoyi, de nuevo, volvía a ser un refugio.

A partir de aquel suceso, le paraban por la calle y le invitaban a tomar algo en el bar del mercado y, salvo algunos pocos, todos le llamaban bombero, que era su profesión. Si algún día yo necesitaba presentarme ante alguien, bastaba con decir que era el cuñado del bombero. Las puertas se abrían inmediatamente, como si yo fuera el visir de un califa o el heraldo de un rey. Muchas veces tuve que utilizar ese salvoconducto y siempre salí bien parado.

Juanlu me dio un número de teléfono al que llamé nada más colgar. Era del dueño del único taller del pueblo. Me presenté, por supuesto, como el cuñado del bombero y, a pesar de que era festivo, me citó para veinte minutos más tarde. Cuando llegué, tenía la persiana subida y las manos en el bolsillo de su mandil de faena. Nos saludamos, metí el coche en el taller y me quedé a verle trabajar.

Cuando terminó me cobró una cantidad más que razonable y yo le di las gracias y me fui aliviado porque esa tarde podríamos regresar a Sevilla sin contratiempos. Mientras conducía, ya de noche, pensaba en el episodio. Aquel hombre me había hecho el favor de arreglar la rueda en su día de descanso. Había antepuesto mi necesidad a la suya y pensé que cada vez que eso sucedía, el mundo se hacía más habitable y digno. Pensé en las muchas veces que ese gesto se había repetido durante nuestras estancias en el pueblo. Huevos que Rafaela dejaba en una bolsita sobre la mesa del patio; tomates, calabacines, cebollas, ajos; leña traída y apilada antes de alguna de nuestras visitas invernales; el carnicero que nos fiaba en el mercado; una ronda de cervezas en el bar; una cataplana portuguesa cargada de cigalas, almejas, gambas rojas y mejillones con la que alguien nos sorprendió un día. En España seguía vigente el estereotipo del pueblo como un espacio de relaciones vigilantes y cerradas. Y sí, siempre hay algo de eso en todos los grupos humanos pequeños que comparten un espacio reducido. Pero cuando se habla de los pueblos, rara vez se habla del tejido comunitario; de la red de personas que se auxilian y comparten; de los pequeños gestos cotidianos, los saludos por la calle o en la tienda; los recados que unos les hacen a otros.

En nuestra siguiente visita aparqué sobre el empedrado de la calle, a diez metros del poste. El tendedero sería desmontado un día para despejar el espacio frente a los futuros apartamentos que reemplazarían la casa. Los coches aparcados no tendrían la misma sombra pero sus dueños sí tendrían la certeza de que sus ruedas no se pincharían con algún clavo de herrar. En cierto modo, ese nuevo asfaltado devolvería la zona a algo parecido a lo que fue en su día, antes de que el tendedero fuera montado.

Mucho antes de que nosotros llegáramos, esa zona frente a la casa estuvo hecha por una fina capa de cemento. La mala obra, seguramente, iniciativa particular de los primeros moradores, se había ido deteriorando con el tiempo y el abandono de los últimos años. Eso, sumado al paso constante de animales y personas, la lluvia y el sol y al hecho de que la ladera se deslizaba hacia el valle, había terminado fracturando lo que en su día había sido una sola pieza. De modo que lo que había a los pies del tendedero, en el lugar en el que me gustaba aparcar el coche, era un revuelto de arena, fragmentos del antiguo pavimento y plantas rastreras. En ese pequeño caos se escondían muchas puntas de clavos. Todas las que el herrador cortaba con sus tenazas cada vez que tenía que sacarle a un caballo o a un mulo la herradura vieja. Ocho clavos por herradura, cuatro herraduras por animal, muchos familiares de Bones con animales.

Por aquel entonces no me atreví a pedirle a Bones que citara al herrador en cualquier otro sitio. No tenía la suficiente confianza con él. Su cháchara y sus bromas todavía le enmascaraban y la sensación de respeto que me imponía no me permitía tratarle con entera confianza. También sentía que aquel espacio era más suyo que nuestro. Era él el que vivía en el pueblo mientras que nosotros solo éramos visitantes. Por otra parte, me gustaba la idea de que aquello sucediera en la puerta misma de nuestra casa. Que aquel tendedero tosco convocara a animales y personas, al trabajo y a la celebración.

Tenía que hacer algo que permitiera herrar a los animales y, al tiempo, aparcar el coche. Al principio busqué los clavos a ojo. Pero eran tan pequeñas las puntas y tan caótico el espacio de búsqueda que terminé desistiendo. Probé a barrer el suelo con un cepillo de buenas cerdas, pero no funcionó porque cada vez que intentaba barrer con fuerza entre dos trozos de cemento enteros, este se iba disgregando en los bordes, añadiendo más arena a la tarea.

Llegué a considerar la idea de hacernos con un detector de metales pero, antes de que esa opción tomara forma, Marie apareció con un disco metálico en la mano. Era el imán de un antiguo altavoz. Contó que, en el colegio, su maestra les había enseñado trucos con imanes y un polvo oscuro, dijo. Limadura de metal, pensé.

Empecé arrodillándome para pasar el imán por encima de la tierra. Instantáneamente se llenó de pequeñas puntas retorcidas. Había muchos más restos de lo que imaginaba. Después de un rato me dolían las rodillas, así que até el imán a una cuerda y empecé a tirar de ella. Poco a poco el imán se fue cargando de piezas de metal de distinto tipo: chapas de botellines, una pequeña tijera escolar sin sus protecciones de plástico, una cucharilla de café.

Desde la escalera Marie me miraba, contenta. Era su idea y funcionaba. Así que, a partir de ese día, cada vez que llegábamos a la casa, la pequeña corría hasta la parra en una de cuyas ramas teníamos siempre colgado el imán. Bajaba al tendedero y recorría la zona tirando de la cuerda, como si, en lugar de un trozo de metal, arrastrara un pequeño caballo de madera. Lo pasaba durante un rato hasta que se cansaba. Entonces yo tomaba el relevo y continuaba. Lo que más le gustaba era descubrir los clavos pegados al imán. Era imposible encontrarlos de otro modo en ese caos de arena y cemento. El magnetismo le resultaba asombroso. Uno se hace mayor, pensaba yo, cuando deja de sorprenderle que solo un trozo de metal imantado sea capaz de sacar tantos clavos ocultos en la arena.

27

El almacén, además de la puerta que daba al corral pequeño, tenía un ventanuco mirando a poniente. Se cerraba con una de esas carpinterías correderas de aluminio que tanto éxito tuvieron cuando irrumpieron en el mercado y que tan ineficientes eran. El aluminio transmitía el frío y el calor, el cristal que montaban era delgado, había pequeños orificios de desagüe por el que también se colaban las bajas temperaturas.

Las herramientas que teníamos en el almacén no eran, por lo general, valiosas, porque también habían sido desechadas en otros lugares o porque habían quedado desfasadas. Había un taladro eléctrico que fue del padre de Anaïs. Era tan antiguo que todavía funcionaba a 125 voltios. Por medio de un enchufe raquítico se conectaba a un transformador que, a su vez, se enchufaba a la red eléctrica. Trabajar con él significaba cargar con el taladro y el transformador, ambos muy pesados. Además, el enchufe que conectaba aparato y transformador era tan escuálido que bailaba en las hembras haciendo que la conexión se interrumpiera constantemente. Eso obligaba a trabajar con el taladro en una mano y a asegurar el enchufe con la otra para que el aparato no dejara de girar, como un artista de circo moviendo varios platos a la vez. Si el trabajo se realizaba en el suelo, no había problema, pero si había que taladrar a más de un metro de altura entonces todo se complicaba. Si Platón hubiera conocido el taladro del padre de Anaïs, lo habría elegido para representar la idea pura de *engorro*.

Al ventanuco alguien le había puesto en su día un enrejado usando tres varillas metálicas no muy gruesas recibidas con cemento directamente al interior del hueco de la ventana. Con el tiempo, el cemento se había ido deteriorando haciendo que una de las varillas bailara. Era tan débil y chapucera la defensa que, más que disuadir a los potenciales ladrones, parecía enviarles un mensaje de ánimo.

Yo llevaba varios días observando aquellas tres varillas escuálidas, preguntándome, como otras veces, por la persona que las había colocado allí. Pensé que aquellas tres varillas hablaban de esa persona y del tiempo en el que las había instalado. Alguien que no tenía mucho que proteger ni mucho con qué protegerlo. Hablaba de un tiempo de escasez, con pocos materiales disponibles, que obligaba a encontrar soluciones no convencionales. Había, en definitiva, que apañarse con lo que hubiera cerca, algo que a mí siempre me atraía porque implicaba el desafío de abrirse camino ante una situación adversa con lo mínimo disponible. En contextos así de escuetos se reúnen de una forma muy nítida el cuerpo, la mente y el medio. Ante un problema por resolver en un entorno escaso, la inteligencia diseña una solución que las manos ejecutan con lo que tienen cerca. El resultado de esa tríada suele ser singular, como la reja de la ventana. Mi fascinación por estas soluciones de fortuna se remonta, claro, a la infancia. Fui niño a finales de los años setenta y primeros ochenta. Por entonces abundaban los solares y los edificios en construcción. Uno de nuestros juegos consistía en entrar en las obras por las tardes, cuando los trabajadores ya se habían ido a casa. Recuerdo los muebles que los encofradores se fabricaban con sus materiales de trabajo. Banquetas para descansar, bancos para comer, perchas para colgar la ropa limpia, hechos con tablas y tablones de encofrar, clavos y alambre. Pequeños salones de fortuna que serían echados a la hoguera una vez hubieran terminado su trabajo allí.

De todos los apaños que hice durante nuestro tiempo en la casa, hay uno por el que siento un cariño especial. Es una cafetera italiana a la que, en algún momento, se le rompió el asa de plástico. Durante un par de años tuvimos que manejarla agarrándola de forma precaria con un trapo. Hasta que llegó el apaño. Cogí una de las herraduras viejas de Pérez, la dividí con la radial en dos partes y me las arreglé para encajar una de las mitades en el hueco en el que el asa había estado atornillada. El resultado solucionaba el problema del manejo en caliente de la cafetera al tiempo que creaba un objeto híbrido, como si fuera un poema visual de Chema Madoz. Yo no había buscado un resultado estético ni poético para el problema de la cafetera. Solo pretendía poder hacer café sin abrasarme las manos. Quien hizo la débil reja de la ventana está claro que tampoco tenía pretensiones poéticas. Lo que tenía, más bien, era escasez y quizá prisa. Agarré la varilla que parecía más débil para tantear su solidez y me quedé con ella en la mano. Instintivamente me giré por si alguien me hubiera visto desde alguna casa, pero no había nadie. O eso me pareció. Volví a poner la varilla en su sitio y me marché con discreción, algo avergonzado.

Esa noche me costó dormir. No es que me sintiera culpable por haber roto algo valioso o útil ni mucho menos porque me sintiera inquieto por haber desprotegido la casa. Lo que me sucedía es que no podía dejar de pensar en cuál sería la mejor solución para la ventana. Era el entusiasmo el que me impedía cerrar los ojos. Me pasaba siempre que tenía una tarea manual a la vista porque me tomaba el asunto, más que como un trabajo, como un desafío. Me habría dormido en pocos minutos si la intención hubiera sido, simplemente, volver a recibir la misma varilla con cemento. Pero aquello era una oportunidad para hacer algo diferente, algo mejor, pensaba. Algo majestuoso, soñé.

Al día siguiente dibujé un croquis en una libreta, busqué los materiales necesarios en la *chatarrerie* y empecé a trabajar. A media mañana, lejos ya de las viscosidades del duermevela, me di cuenta de que lo que me animaba no era reparar lo que había roto, que, conmigo o sin mí, se habría caído con el paso del tiempo. Tampoco proteger el contenido del almacén. Ni siquiera el taladro familiar. Nadie en su sano juicio querría robar una herramienta que daba más trabajo del que quitaba. Lo que verdaderamente me animaba a trabajar era el trabajo en sí. La perspectiva de volver a construir algo nuevo y concreto a partir de algo indeterminado. Algo que iba más allá del apaño porque quería perdurar.

En muchísimo más tiempo del que había previsto, como siempre me pasaba, tuve ante mí una nueva defensa que sustituía las tres escuálidas varillas por una reja equilibrada y sólida con cuatro patas que la harían avanzar sobre el muro. Una belleza, pensé. Comprobé que las soldaduras, aunque irregulares y feas, eran firmes. Amolé los excesos hasta dejar las superficies lisas, lijé, apliqué una base de pintura antioxidante y luego di dos manos de pintura en color verde caza. Con el cincel y la maza abrí cuatro agujeros en la pared, metí en ellos las patas de la reja y rellené con cemento y, cuando se secó, lo rematé con pintura blanca. Luego fui a buscar a Anaïs y a las niñas, a las que llevé de las manos, con los ojos cerrados. Cuando estuvimos los cuatro frente a la obra, como si les aguardara un Canaletto, les pedí que abrieran los ojos.

Marie preguntó que cuál era la sorpresa porque yo no les había puesto en antecedentes y porque ella, como es natural, no se fijaba demasiado en las ventanas de la casa ni, mucho menos, en rejas escuálidas instaladas decenios atrás. La reja, le dije, es nueva. ¡Qué verde!, fue todo lo que dijo.

Anaïs, que sí sabía lo que había estado haciendo, la valoró más positivamente. La tocó, comprobó su firmeza, alabó el color brillante de la pintura nueva y me felicitó. Buen trabajo, me dijo, y sonrió. ¿Qué te hace gracia?, le pregunté. No, nada, respondió. Venga, dime. Bueno, se arrancó, es un buen trabajo, desde luego. La reja está muy bien, es solo que me hace gracia ver algo tan nuevo en la fachada de una casa tan ruinosa. Si lo que pretendías era proteger la casa, lamento recordarte que hay ventanas que ni siquiera tienen reja.

Al día siguiente llegó Juanlu. Pensé que él apreciaría en toda su extensión la buena factura de mi trabajo así como su utilidad para la casa. Y sí, le gustó. Preciosa, dijo. Valoró las uniones pasando un dedo y tiró de la reja para comprobar también él su firmeza. Bonito color, añadió, y luego me hizo un gesto para que le siguiera. Rodeamos la esquina y nos situamos frente a la puerta del almacén. Juanlu la empujó suavemente con la mano y la puerta se abrió a pesar de que estaba cerrada con llave.

28

El almacén, incluso con una puerta que no cerraba, siguió resultando indiferente a los ladrones. Es cierto que todo el mundo sabía que lo que allí se guardaba valía más por su peso que por su utilidad, pero a mí me gustaba creer que era la reja la que infundía respeto. Que de verdad servía para algo. Esto era fundamental para mí porque, desde que la casa empezó a importarnos, queríamos corresponder a la generosidad con la que éramos acogidos mejorando el espacio común, haciéndolo más cómodo y agradable. Que la reja, en realidad, no cumpliera su función defensiva contradecía la idea de utilidad solo desde un punto de vista material porque, cada vez que la nombrábamos, nos hacía reír. Visto así, y dado el estado difícilmente mejorable de la casa, esa risa resultaba de la mayor utilidad.

Tuvieron que pasar muchos meses desde ese trabajo absurdo hasta que regresáramos al pueblo, a principios de la primavera de 2015. Repartimos aquellos días entre las tardes al calor de la estufa de leña, pequeños arreglos, la limpieza a fondo de la colcha de una de las camas y algunos paseos por el monte, cuando las lluvias y el viento lo permitían. Entre los alcornoques, los veneros y los arroyos bajaban caudalosos salpicando los helechos en sus pequeñas caídas. Se escuchaban los cencerros entre la bruma baja y algún perro que ladraba en majadas remotas. En esos paseos, como solía suceder, yo me empeñaba en nombrar para Marie y Berta aquello que veíamos y yo conocía. Me gustaba decir *cortejo* cuando me refería al conjunto de arbustos y hierbas que acompañan al árbol dominante de la zona, el alcornoque. Y también hablarles del género botánico al que pertenecía ese árbol, el *Quercus*, y de los muchos árboles diversos que lo componían. Buscábamos bellotas y nos encajábamos las caperuzas vacías en las puntas de los dedos. Mi ignorancia y mi mala memoria, en cualquier caso, hacía que me repitiera y que volviera a contarles lo mismo que ya les había contado unos meses atrás. Ellas parecían prestar atención y yo hacía como si así fuera.

En uno de aquellos paseos me di cuenta de que no había malas hierbas en el bosque. Que todo lo que crecía bajo los alcornoques pertenecía a ese cortejo del que les hablaba a las niñas. Pensé que agrupar esos arbustos y hierbas bajo esa hermosa denominación no solo los dignificaba, sino que, en cierto modo, señalaba una forma de inclusión cooperativa entre esas plantas. Pertenecer a ese cortejo era contribuir también a un espacio común, en aquel caso, el ecosistema de bosque mediterráneo. Todo lo que allí crecía cumplía una función, era necesario. De lo contrario, el propio ecosistema se habría encargado de expulsarlo. La diferencia entre el heterogéneo grupo de plantas que había crecido alrededor de la casa y el cortejo del alcornoque se relacionaba con la presencia del hombre en el primer espacio y su ausencia en el segundo.

Las llamamos así, *malas hierbas*, sencillamente porque son dañinas para nuestros intereses y quizá, también, por ser seres emancipados que no obedecen a nuestra voluntad. Nacen y crecen sin nuestro concurso. Tratar de terminar con todas ellas es un esfuerzo estéril porque sus semillas se esparcen aliadas con el viento. No había imán que consiguiera sacarlas de sus escondrijos; no había niño que quisiera buscarlas todas. Eran la humedad y la luz solar las únicas que las convocaban.

Una de aquellas noches, mientras los demás dormían, encontré en internet un estudio centrado en esas familias de plantas emancipadas que enseñaba a combatirlas para que no echaran a perder los cultivos con su comportamiento libertario. Me pareció una visión plenamente homocéntrica de la naturaleza. Supongo que no lo verían así el ratón de campo, ni la musaraña, ni las hormigas, ni los escarabajos ni los caracoles. Tampoco los gatos callejeros que se ocultaban entre esas hierbas para acechar a los pequeños roedores que merodeaban la casa en busca de alimento. Segar las malas hierbas sería quitarles el techo, como haría una excavadora con la casa algún tiempo más tarde. Sería desvelar su mundo, como la máquina haría con el nuestro.

29

Fue también durante aquellos mismos días de bosque y malas hierbas cuando, al llegar, encontramos que el invierno precedente nos había dejado dos de sus ofrendas: una mancha de humedad en el dormitorio Lincoln y un pájaro muerto sobre una de las camas. Tenía que haber entrado durante la última visita de algún amigo y llevar allí varias semanas, o meses, porque, cuando lo levanté, apenas pesaba. Su cuerpo eran sus huesos y sus plumas. Tampoco quedaba rastro ya de los insectos que lo habían devorado. Hormigas y gusanos salidos de la nada. Quedaba en la colcha una mancha oscura, como si aquello que había animado la vida del pájaro se hubiera licuado y filtrado hacia el colchón. Como si existiera una alianza inquebrantable entre la gravedad y la vida y toda energía, al final de los días, tuviera que ser transferida a la tierra para que esta alumbrara nuevas vidas.

Fue difícil lavar aquella mancha, separarla de las fibras textiles entre las que se había enredado.

Más tiempo, en cualquier caso, nos llevaría eliminar las humedades que las filtraciones habían dejado en las paredes. Salí de la casa y la rodeé para inspeccionar los muros de levante y encontré una fisura de un dedo de grosor cuya posición se correspondía, aproximadamente, con la humedad del interior. Un repaso más amplio reveló nuevas grietas, más pequeñas, que, con el tiempo, también podrían dar problemas. Era preciso proteger todo el muro de levante porque, de lo contrario, al invierno siguiente no habría humedades sino goteras. Pero no teníamos los materiales necesarios, así que, dos semanas más tarde, regresé con Juanlu llevando latas de pintura de caucho, brochas, pértigas, rodillos, cubos y mucha fibra de vidrio.

Durante dos días trabajamos reparando las fisuras y luego aplicando pintura sobre ellas. Cuando terminamos, el muro parecía nuevo. Satisfechos con el trabajo, decidimos que nos merecíamos un regalo y fuimos a cenar a uno de los pocos bares del pueblo.

Estaba abajo, a la entrada, y lo frecuentaba, sobre todo, gente de paso. No era la primera vez que íbamos, pero algo en el interior había cambiado. Lo que antes era un bar, sin pretensiones aparentes, ahora era un local con un *concepto*. Juanlu y yo debatimos al respecto. Concluimos que el nuevo estilo cabría en la etiqueta «falso viejo». Las vigas de madera que fingían sustentar el techo eran, en realidad, piezas modernas de las que se encuentran en cualquier almacén de materiales de construcción. Pero, a pesar de ser evidentemente nuevas, presentaban irregularidades. Alguien había comprado las piezas en el almacén y se había entretenido golpeándolas con una hachuela hasta lograr que las superficies a la vista fueran irregulares. Como si en verdad la viga hubiera sido trabajada desde el principio con herramientas manuales. Después las había pintado de blanco y, al final, había aplicado un tratamiento de desgaste sobre la pintura. Se trataba de que pareciera que el tiempo había pasado por ellas sin que hubiera sido así. Igual con los muebles, cuya pintura también había sido lijada por partes. Las paredes estaban decoradas con quincalla variopinta: cordeles de pita envejecida, platos de cerámica, fotografías en blanco y negro. Abundaba la arpillera. Había toneles, garrafas de vidrio verde con burbujas incrustadas, lámparas de minero y, en general, cualquier cosa que pareciera anacrónica. Era el mismo estilo que muchas franquicias adoptaban en sus nuevos locales. Que tuvieran un aire de galpón caribeño; que en cualquier momento pudiera pasar por allí un carretillero mulato cargando, la piel brillante de sudor, sacos de oloroso café de las plantaciones del interior del país. Exotismo colonial, rudas fibras vegetales, la iluminación crepitante de una vela de esperma de ballena, pero sin su pestilencia. Juanlu y yo nos preguntamos por el sentido de aquella estética arcaizante. Aquella visión estilizada de un pasado que nos resultaría insoportable si se nos entregara hoy tal como fue, con su esclavitud, su maltrato inmisericorde a mujeres, niños, heterodoxos y animales y sus ejecuciones públicas.

La respuesta me la daría algunos años después el psiquiatra Darian Leader en su breve pero enjundioso ensayo titulado, precisamente, *Manos*. Leyendo el libro confirmé la sospecha de que tras esas escenografías exóticas lo que se escondía era una idea que asocia lo manual con lo individual. En un mundo industrializado, globalizado y tecnológico y, sobre todo, muy virtual, todo tiende a parecerse. De hecho, es así: bebemos el mismo refresco en el mismo recipiente en el centro de África o en el norte de la isla de Sajalín. Las mismas patentes, la misma receta, el mismo proceso industrial. Intercambiamos mensajes similares con las mismas aplicaciones utilizando idéntica tecnología.

En bares como el que Juanlu y yo visitamos, lo que dominaba era el rastro de lo artesanal, con su variabilidad y sus imprecisiones. Sus temblores y sus discontinuidades. Un lugar, en apariencia, único. Y ese efecto, porque no era otra cosa, intentaban conseguirlo fingiendo el uso de las manos, las viejas manos. Hay algo paradójico y misterioso en ello. Por un lado, una tendencia general hacia lo tecnológico, con su búsqueda de una perfección eficiente. Por otro, una mirada hacia lo singular, lo impredecible, inacabado e imperfecto.

30

Aparte de Pérez y algunos ratones, hasta 2015 apenas hubo animales en la casa. Vertebrados, se entiende. Ese verano llegaron otros animales a los que no esperábamos. El primero fue un perro al que Juanlu llamó Chocolate, tal era el color de su pelaje. Lo había rescatado, literalmente, de una cárcel. Un hombre de un pueblo cercano lo tenía encerrado, junto con una docena de perros más, en unas jaulas diminutas. Pasábamos por allí de tanto en tanto, durante nuestros paseos. A treinta metros de las jaulas los perros empezaban a chillar, enloquecidos. Saltaban a nuestro paso, trepando sobre las alambradas que los enclaustraban, caían al suelo y volvían a trepar como si las jaulas no tuvieran techo y pudieran escapar de allí en forma gaseosa. Un día le pregunté a Bones por aquellos animales. Son para caza, me dijo. Le pregunté por las condiciones de su cautiverio y me confirmó lo que ya sabía: que salían de las jaulas solo una vez a la semana y que entonces corrían como diablos a cobrar las presas.

Imaginaba que esa era la causa porque, cuando era niño, también conocí perros encerrados. Aquellos eran perdigueros de Burgos, recuerdo bien la raza, fuertes y despiertos. Muy apreciados en caza menor, que era la que se practicaba en los llanos de Toledo donde yo vivía. Los tenían encerrados en una habitación sin ventanas, en la plaza de toros del pueblo. Yo iba a llevarles pan seco con el hijo del dueño de los perros, que era amigo mío y nieto del guardés de la plaza. No recuerdo la expresión en las caras de los animales, ni su mirada, solo su nerviosismo al vernos y el olor a excrementos y orines.

En junio apareció una perra, conocida en el barrio con el nombre de Manola, que, en época de celo, siempre tenía a dos o tres machos cortejándola. Uno, con cara de Anubis, hocico afilado, grandes orejas puntiagudas, solía descansar a la sombra de la parra. No tenía collar, ni sabíamos si tenía dueño ni de dónde había venido. Su mirada era temerosa, bajaba la cabeza cuando me acercaba, reculaba y guardaba el rabo. Tenía que haber recibido muchos palos en su vida. Poco a poco fue ganando confianza, porque ninguno de nosotros lo amenazaba. Al contrario, Berta le tomó cariño y, a pesar de nuestras advertencias (no tiene collar, se ve alguna garrapata), se entretenía acariciando su piel necesitada. No pedía comida ni agua. Solo que Berta recorriera su piel con su pequeña mano morena.

Un día Juanlu me llamó para contarme que había encontrado una burra vieja que quería comprar pero que estaba en un pueblo de la sierra de Málaga y le hacía falta que yo le llevara hasta allí. Le dije que la vuelta iba a ser incómoda para la burra porque el coche solo tenía tres puertas. Se rio con desgana, más que nada para que mi broma no se quedara sola, pareciendo más infantil de lo que ya era. Me dijo que no me preocupara por la vuelta, que solo necesitaba viaje de ida. Saldríamos al día siguiente. Por suerte, lo que yo tenía que hacer podía esperar, así que acordamos sitio y hora para la recogida.

Juanlu solía contar conmigo sin preguntarme. Disponía de mi tiempo como si fuera suyo y eso me gustaba porque difuminaba nuestros respectivos límites y corroía mi ego. El tiempo que cada uno de nosotros dedica a sí mismo es el terreno en el que la libertad y la identidad juegan. Solo en ese espacio privado podemos ser plenamente nosotros, nos decimos. En esa soledad no supervisada nos entregamos sin miedo a quienes somos: nos metemos el dedo en la nariz o gozamos con la untuosidad de una chocolatina que quizá no deberíamos tomar. El tiempo propio es un territorio sobre el que cada uno reina de manera indiscutible. Que otras personas puedan entrar en ese reino sin llamar puede ser una tortura o una alegría. Depende de si hemos sido nosotros quienes hemos entregado la llave o si esta nos ha sido arrebatada.

Salimos de Sevilla a las ocho de la mañana y viajamos por una autovía hasta la costa. Luego tomamos una carretera secundaria por la que ascendimos las pendientes de la sierra hasta llegar a un pueblo blanco en un altiplano. El dueño nos esperaba en el bar de la plaza. Allí comimos con él y Juanlu le estuvo preguntando por las particularidades del animal. Era una burra vieja llamada Beleña que ya había superado la edad de trabajar pero a la que aún le quedaban unos años de buena vida, dijo el hombre. Nos contó que, desde hacía algún tiempo, se dedicaba a recoger burros que otros no querían y celebraba que, a su vez, Juanlu quisiera quedarse con uno de ellos porque se había corrido la voz y ya tenía tantos animales que le resultaba demasiado caro mantenerlos. Lo hago por gusto, dijo. Yo los escuchaba conversar mientras metía el tenedor en el plato de habichuelas con jamón que ellos no tocaban. Hablaban la misma lengua porque la idea que Juanlu tenía para la burra coincidía con el espíritu de aquel hombre.

En el cercado donde estaba guardada Beleña, había una docena larga de burros que buscaban la sombra de los espinos y los acebuches. Abrió la cancela y le seguimos hasta el fondo del cercado.

Allí, como una niña solitaria en un recreo, estaba Beleña, a su aire, como la veríamos tantas veces en el futuro. Juanlu sacó de una bolsa de plástico un puñado de grano y se lo ofreció con la mano abierta. El animal lo olfateó y luego se lo metió en la boca barriendo con sus gruesos belfos peludos la palma de Juanlu y haciendo que muchos granos de cebada cayeran al suelo, desperdiciándose.

Le pasé la mano por el pelaje recio, garrapatas y costras secas de sangre allí donde se había herido. Beleña era la impugnación de Platero: ni era pequeña, ni peluda, ni suave. Tampoco era blanda por fuera ni parecía de algodón. A su edad, los tejidos también se le habían ido descolgando, haciendo que la percha ósea aflorara. En los cuartos traseros despuntaban las espinas de su gran pelvis. Su cuero parecía la lona de un circo de provincias. El dorso se arqueaba hacia el suelo lastrado por la panza, la única redondez de su anatomía. También la cruz se le notaba más de lo normal. Su cabeza era enorme, desproporcionada. Tenía las orejas tiesas y los ojos cubiertos por una membrana turbia.

Juanlu la aparejó con los arreos antiguos que Bones le había prestado. El hombre le ayudó a hacer algunos ajustes para que no se le desequilibrara la carga, dijo. Luego nos despedimos de él y Juanlu y yo caminamos juntos durante un rato por la vereda que nos había indicado. La idea de Juanlu era regresar andando al pueblo en cinco o seis días de marcha y luego soltar a Beleña en el corral donde estaba Pérez. Me acordé de *Viajes con una burra por los montes de Cévennes*, de Stevenson, y le deseé una buena travesía. Tendría que pasar sierras y cruzar ríos, como un explorador. Dormiría bajo las encinas, con Beleña paciendo cerca. Escucharía los grillos en las noches tibias del estío. Tumbado bajo el cielo oscuro, vería pasar sobre su cabeza el fulgor blanco de una lechuza. Su aleteo le sonaría igual que el golpeteo de unas tablillas de nogal bien secas. Nos dimos un abrazo junto al pozo de una acequia abandonada y yo los vi perderse entre los olivos.

Conduciendo de regreso por la autopista, sentí que el ritmo de Juanlu y Beleña era el mío. El ritmo que el cuerpo determina según su naturaleza y estado. No la mente, sino el cuerpo. No las intenciones ni los sueños, sino la elasticidad de los músculos, su fuerza, la consistencia cálcica de los huesos, la tersura de la piel. Un ritmo que va cambiando con el tiempo y que demanda cosas distintas en cada momento. La mente propone, pero es el cuerpo el que dispone, se podría decir. Es problemático vivir con un cuerpo que decae, que no acompaña la pulsión motriz. Es difícil envejecer.

He sabido después que los animales le debemos mucho de lo que somos a nuestra capacidad para desplazarnos. El profesor Paco Calvo, director del Laboratorio de Inteligencia Mínima de la Universidad de Murcia, reflexiona elocuentemente sobre este particular en su fascinante *Planta sapiens.* El libro entero, de hecho, es una propuesta para reconsiderar la asociación que hacemos entre movimiento e inteligencia. Damos por sentado que las plantas, por su incapacidad para desarraigarse y salir caminando en busca de alimento, no han generado patrones que sean asimilables a la inteligencia. Que su forzada quietud deviene en una pasividad gregaria. Y, sin embargo, son las plantas las que activan, condicionan y hasta dirigen el comportamiento de muchos animales. Son ellas las que diseñan estrategias de supervivencia y propagación que ponen en funcionamiento el mundo animal. Se cree la abeja que ese dulce néctar que liba en la flor del romero es un regalo que la planta le entrega gratuitamente, sin más. Vengo, se dice, porque tu néctar es de mi agrado y así lo tomo. Y luego, ufana, vuela hacia otra flor, con las ancas cargadas de polen, como un pistolero obeso.

31

Hay una foto de ese verano en la que aparecemos Marie, Berta y yo. Estamos sentados en la escalera de acceso al patio delantero. Casualmente, los tres vamos vestidos con prendas blancas. La mía es una camiseta de trabajo que llevo puesta del revés, con las costuras dibujando una cresta a lo largo de mis hombros.

Yo les hago cosquillas y ellas ríen. Yo también. En la imagen miro a Marie, que muestra los huecos que han dejado en sus encías los dientes de leche caídos. Su mirada se dirige hacia algún lugar fuera del cuadro, quizá a lo esencial. Berta me mira a mí. En su risa el tiempo se ha detenido: no hay pasado ni futuro. Es la expresión más pura de lo que yo entiendo por tiempo presente.

Toda la inexplicabilidad de la vida, su misterio, el de dónde venimos y a dónde vamos, el sentido mismo de estar vivos, todo lo que lleva milenios atormentando al hombre y alumbrando la ciencia y el arte. Todo eso, el desconcierto incluido, tiene la forma de un testigo, como el que llevan los corredores en las pruebas por equipos. El testigo que recorre el tiempo es el amor. Si hemos sido afortunados en la vida, recibimos ese amor de nuestros padres y se lo entregamos a nuestros hijos, a nuestros hermanos y amigos. Y eso es todo.

32

Mientras estábamos en la casa yo siempre escribía, si el tiempo lo permitía, en el patio. Me gustaba la posibilidad de levantar la vista de la pantalla y poder mirar a lo lejos. Me gustaba también asistir al pujante crecimiento de la parra. Hasta marzo, sobre mi cabeza solo había sarmientos hibernados. Varas leñosas que parecían tan muertas como minerales. En algún momento unos pequeños sarpullidos verdes despuntaban entre las rugosidades de la corteza. Empezaba entonces una carrera que llevaría a la planta hasta su esplendor estival. En época de crecimiento, comprobar el avance era lo primero que yo hacía cada vez que llegábamos a la casa. Me gustaba verme sorprendido por ese vigor. Maravillarme ante el nuevo tamaño de las hojas, el alcance de las varas, las filigranas de los zarcillos o la aparición de los primeros racimos que, en su estado primario, no eran más que nubecillas de pequeños puntos verdes.

Una de esas mañanas de escritura, por mayo, escuché sobre mi cabeza una vibración fugaz. Miré hacia arriba pero solo vi hojas verdes y uvas en proceso de maduración, así que regresé a la escritura. De nuevo sentí que volvía a pasar algo por encima de la parra. La vibración recordaba a la que hace el borde de una cometa en la playa. La parte de la tela en la que el viento crea una turbulencia antes de seguir su camino. Salí de debajo de la parra y entonces los vi. Eran buitres que descendían desde las alturas de la peña en vuelo rasante sobre la ladera, como saltadores de esquí en fin de año. Pasaron más, muchos más, tan cerca del suelo, tan veloces y decididos que asustaban. Me impresionó, además del sonido que producía la vibración de sus plumas remeras, la envergadura. El cuerpo como una anécdota en el centro de toda aquella superficie aerodinámica que parecía una sola ala.

Entré corriendo a por unos prismáticos. Por supuesto, no funcionaban. Era imposible regular el foco y todo lo que podía ver eran manchas muy borrosas. Fui entonces en busca de los otros prismáticos. Tampoco funcionaban bien, pero esa vez no había tiempo que perder con reparaciones. Ajusté uno de los dos oculares y usé solo la mitad del artilugio, como si fuera un catalejo.

Era majestad el término que mejor se adaptaba a lo que veía. Esa suspensión en el aire, el equilibrio, los mínimos ajustes de las palancas óseas de la rapaz. «Dale a la piedra, agua, hasta ponerla mansa», dice Miguel Hernández en *El silbo del dale.* Dale un reto a la primera molécula orgánica que un día abandonó el caldo primigenio, dale un tiempo geológico y mutará y se sobrepondrá a las rocas y a las radiaciones. Y se arrastrará fuera de la humedad y trepará a los árboles y saltará a los cielos. Y después de caer una y otra vez y de roer los despojos de otros animales y de meter las garras y el pico en el fango, un día que dura millones de años, esa bacteria descenderá desde las altas peñas, deslizándose ladera abajo, sobre los alcornoques y los hombres, y no verá la parra bajo la cual escribo porque todo en esa bacteria voladora será voluntad de alcanzar, con menor gasto energético posible, la carne pútrida del festín que le espera en el fondo de la hoya.

En cuestión de minutos se había formado una especie de gran rosca de rapaces sobre una de las cortadas que precedían al monte Lagarto, que era como las niñas llamaban a aquel promontorio. Debía de haber entre veinte y treinta buitres girando a lo lejos sobre un punto que no alcanzaba a ver. Podía imaginar, eso sí, qué era lo que había convocado a semejante cantidad de carroñeros. Abrí la puerta con la intención de llegar hasta algún lugar desde el que pudiera ver con mi catalejo los buitres posados y en plena faena. Para entonces ya conocía bien la zona y se me ocurrían, al menos, un par de puntos elevados y protegidos que podrían servirme de miradero. Pero antes de bajar los escalones me detuve y quizá pensé que esa mañana estaba siendo productiva o que no me convenía distraerme o que todavía no había llegado a ese punto de la jornada en el que uno ya podía dejar al final del texto un hilo del que tirar a la mañana siguiente. Lo cierto es que guardé los prismáticos y volví a sentarme frente al ordenador.

Días después, todavía me lamentaba por no haber dejado de escribir para salir corriendo hacia el lugar. La literatura podía esperar, llevaba, de hecho, esperando toda la vida, pero esa res a la que la marabunta le arrancaba hasta la última proteína no. Me había perdido un acontecimiento único, como me perdí en su día aquel viaje en camión para montar la cocina. En esos casos, y en tantos otros, recibí un mensaje de mi cuerpo: deja lo que estás haciendo y ve. Pero no atendí el mensaje porque la cabeza me convenció de que otra cosa era más importante. Un horario, unos objetivos, algunos párrafos más, un sentido del deber. Esa jerarquía, primero la razón y luego el cuerpo, era un calco del plan mayor que ponía orden a lo social. Me es imposible recordar qué estaba escribiendo en ese momento o por qué era tan importante quedarme allí. Pero lo cierto es que, aunque la razón y la memoria residen en el mismo órgano, es mi cuerpo el que no olvida.

33

Escribir en el patio requería de cierta preparación. Cada día yo tenía que enchufar un alargador en la cocina, desenrollarlo, sacarlo por la puerta y colocarlo cerca de la mesa para poder conectar el ordenador a la corriente. Cuando terminaba, desmontaba todo lo que había montado porque en aquella misma mesa dibujábamos, las niñas pintaban conchas, Anaïs trabajaba y también comíamos. Poco después de la visita de los buitres decidí que ya era hora de solucionar el asunto de la electricidad en el patio.

A dos metros de altura, en la zona en la que poníamos la mesa, había un tubo de PVC, de unos seis centímetros de diámetro, que atravesaba la fachada de lado a lado. Casi setenta centímetros de piedra, ripio y argamasa. Lo había empotrado en su día Juanlu, con gran esfuerzo y obra, para unificar y conducir varios cables que, hasta entonces, entraban cada uno a la casa por su lado.

Se me ocurrió que por aquel tubo pensado para canalizar cables podría pasar uno más para alimentar un enchufe que instalaría en el exterior, justo al lado de la mesa. Me subí a una silla, me asomé al tubo y pude ver el interior de la casa. El aire fresco que salía por el conducto me secó el ojo y tuve que parpadear.

Bajé a la ferretería a comprar el enchufe. Uno de esos que no se empotran, sino que se fijan con tornillos a la pared y que están protegidos por una tapadera para que no entre el agua. Enchufe de superficie, me informó el ferretero. Ya en casa, presenté el enchufe en su sitio, hice los taladros, lo fijé a la pared. Pelé los hilos de cobre, los atornillé a los bornes y guie el cable con grapas de plástico por la fachada, cuidando de que la distancia entre las grapas fuera constante para que el cable se viera obligado a seguir un camino perfectamente recto. Al llegar a la parte alta de la ventana introduje el cable en la casa por el tubo de PVC.

Dentro, al otro lado del tubo, me subí a una silla y quité la tapa de una caja de registro eléctrico donde encontré diversas conexiones y cables enredados y confusos. Allí terminaba el orden y la rectitud con la que el cable discurría por la fachada. Busqué una ficha de empalme a la que llegaran tres hilos porque sabía que los enchufes necesitaban, además de los polos, una toma de tierra. Localicé una, pelé los tres hilos del cable que venían desde la calle, los uní cada uno con su color correspondiente en la ficha de empalme, cerré la caja y me bajé de la silla. Salí al patio y enchufé una batidora a la nueva toma de corriente para probar que funcionaba y no arrancó. Eso sí, desde entonces, cada vez que alguien enchufaba cualquier cosa en el enchufe exterior, se encendía una luz en el interior de la casa.

Podría haber arreglado aquella chapuza en un minuto, simplemente conectando los cables a la ficha de empalme correcta, pero, por algún motivo, no me volví a subir a la silla aquel día. Supongo que mi cabeza ordenada no quería enfrentarse de nuevo al caos de la caja de registro. Aunque lo más probable es que fuera la pereza porque me suele suceder que la resolución de esa clase de problemas consume mi energía por completo. No es que me llevara mucho tiempo o que supusiera un gran esfuerzo físico. El agotamiento tenía que ver más bien con el consumo energético que implica hacer algo que no sabes hacer, o no del todo. Cada paso requiere una reflexión previa: qué es eso de un enchufe de superficie; por qué son tres cables y no dos; qué significa cada color de cada cable; cómo hacer que este discurra recto; de entre todas las conexiones de la caja de registro, cuál es la apropiada. Ante una tarea nueva para la cual no disponemos de herramientas previas, no hay un conocimiento sobrentendido. No hay pasos automatizados que aligeren el proceso porque todos demandan cálculo y cuidado. Quizá fue ese el motivo por el que no volví a subirme a la silla aquel mismo día. Lo cierto es que tendrían que pasar varios años para que yo arreglara aquel desaguisado. Podría haberlo hecho mucho antes, claro que sí, pero eso hubiera terminado con la risa que producía encender una luz interior conectando algo a un enchufe de superficie en el patio.

34

En agosto de ese 2015 yo tenía que participar en el Festival del Libro de Edimburgo, en Escocia, ciudad en la que ya había vivido durante algunos meses entre 1996 y 1997. Desde entonces me había mantenido en contacto con Susie, que, además de amiga, había sido una de mis caseras durante aquel periodo. Cuando le escribí para anunciarle que estaría en el festival, me contó que no podría verme porque estaría de vacaciones. Es más, estaba buscando a alguien de confianza que cuidara de sus gatos durante las tres semanas que ella estaría fuera. Así fue como terminamos los cuatro en su preciosa casa del barrio de Trinity.

La chispa con la que este libro comenzó fue un programa de radio que escuché aquel verano en casa de Susie. Ella tenía en la cocina un viejo receptor que siempre estaba sintonizado en la BBC.

Yo solía encenderlo mientras cocinaba para intentar educar mi oído y que fuera capaz de captar los matices de una lengua que no es la mía. El oído, con el paso de los días, iba percibiendo cada vez más detalles de esa otra lengua, en un proceso similar al del ojo que se acostumbra a una oscuridad repentina. A medida que la pupila se dilata, de esa primera negritud, va emergiendo la imagen de lo circundante.

A la hora en la que preparaba la cena, escuchaba siempre un programa llamado algo así como «El porqué de las cosas» en el que, en veinte minutos, intentaban profundizar en preguntas cotidianas: por qué son importantes los abuelos, por qué olvidamos lo que aprendemos o qué hace que *La Cenicienta* sea una historia universal. Esa noche el programa emitía un episodio titulado igual que el libro de Darian Leader: *Manos*. En él, la periodista iba entrevistando a diferentes personas que contaban su experiencia con el trabajo manual: una alfarera japonesa, una cuidadora de personas mayores o un mecánico de coches. Los entrevistados no teorizaban sobre sus respectivas actividades, sino que iban revelando detalles de su praxis. La alfarera, por ejemplo, conectaba su trabajo con su experiencia infantil a través de la memoria de los dedos. Algo parecido decía el mecánico cuando trabajaba en la parte trasera de un motor sin poder ver lo que hacía. Eran sus dedos los que calibraban, medían, manipulaban, apretaban o limpiaban sin ver. Como los dedos vertiginosos de Pat Metheny, como los del herrador o como los de Rafaela cuando valoraba el estado de madurez de los tomates que nos regalaba cada tanto. Escuchando aquellos testimonios sentí que yo podría ser uno más de los entrevistados porque, como ellos, tenía una experiencia personal al respecto. A mi manera, informal, llevaba toda la vida ejercitándome, aunque sin centrarme en una actividad concreta o dedicarme a un oficio.

De Escocia nos trajimos esa renovación en la mirada que permite ver lo propio con una nueva distancia y con otros brillos. Ese es, probablemente, uno de los efectos más beneficiosos del viaje. También nos trajimos la fascinación por un país al que regresaríamos al verano siguiente para establecernos allí durante tres años.

En lo que a mí respecta, conmigo también vino esa chispa que iniciara en mí un proceso parecido al de un incendio donde un pequeño detonante va consumiendo todo el material combustible que hay alrededor. En mi caso, ese material inflamable se había acumulado a lo largo de una vida entera. Desde el día en que mi padre me enseñó a usar su martillo hasta el momento en que, con los mismos dedos, teclearía en un ordenador portátil las palabras de este libro.

Sin ese interés continuado por las manos a lo largo de mi vida, la chispa no habría tenido dónde prender. Esa fascinación me había llevado a trabajar con ellas o, quizá, había sido al revés: había sido la práctica la que había hecho que tomara conciencia de su poder, su complejidad y sus enormes implicaciones. Esa duda, que relaciona mente y cuerpo, se remonta a una disquisición mucho más antigua y amplia. Mientras que Anaxágoras sostenía que los humanos eran inteligentes debido a que disponían de manos, Aristóteles afirmaba lo opuesto: que gracias a la inteligencia las manos eran capaces de operar sobre el mundo de manera compleja. Y esa complejidad con que los humanos transforman lo que les rodea comienza con la primera herramienta y sigue hasta hoy, que hemos sido capaces hasta de transformar el clima de un planeta entero.

Mi experiencia en el uso de las manos abarcaba casi cuarenta años de heridas que el trabajo me había ido produciendo, de durezas en la piel, de agilidad y pericia creciente de los dedos, de placer. De algún modo, este libro sobre las manos era inevitable porque, como en el caso de la alfarera japonesa, los dedos no olvidan.

La alfarera concretaba esta idea al contar cómo, cuando manipulaba la arcilla, en muchos momentos no sabía cuál sería la siguiente forma que le imprimiría al material. Ella no, decía, pero sus dedos sí. Como si la artesana estuviera formada por la suma de dos entes independientes capaces de operar cada uno por su cuenta. Sus dedos encontraban un camino siempre, al margen de ella, de sus decisiones. Sus dedos recordaban, en realidad, algo que no sabían que podían hacer.

Yo había vivido eso mismo innumerables veces, especialmente, tocando la guitarra. Cuando, a principios de los noventa, fui a estudiar a Madrid, compartí piso con un compañero con el que había preparado las pruebas de acceso a la universidad. Ese amigo me enseñó los tres primeros acordes que yo supe en la guitarra. Y después de eso, los siguientes acordes hasta alcanzar las sutilezas melódicas y la complejidad armónica de la bossa nova.

Entre clase y clase, yo le pedía que interpretara para mí estudios de guitarra clásica. Me recuerdo escuchándole, claro, pero, sobre todo, me recuerdo hipnotizado por los movimientos de su mano izquierda, por la solemnidad de su postura: bien sentado en una silla, el pie izquierdo apoyado en un alza, la espalda recta, los brazos envolviendo el instrumento cuya tapa posterior conectaba la vibración de la caja con sus tripas.

En aquellas sesiones aprendí de memoria, a base de verle tocar y quizá de tomar notas en forma de diagramas, un estudio breve para guitarra de Fernando Sor, cuyo título nunca supe. Cuando volvía de clase en la universidad, cogía la guitarra y practicaba el estudio una y otra vez. Tenía que aprenderlo muy bien porque mi maestro se acababa de enamorar de una chica de Minnesota y cada vez aparecía menos por el piso. Y también porque yo no sabía solfeo y no podía confiar en que aquel estudio, tan sorprendente para mí, permaneciera siempre a buen recaudo en una partitura. Aquellos diagramas que yo dibujaba debieron de desaparecer entre los apuntes de la carrera. Nunca he sabido cuál era el título del estudio y tampoco lo he escuchado interpretado por alguien que no fuera aquel compañero de piso. Y, sin embargo, si hoy, más de treinta años después, cojo una guitarra, aunque sea de una manera torpe, soy capaz de interpretarlo entero. En ocasiones me bloqueo y trato de recordar qué posición seguía. Es más, me bloqueo porque trato de recordar. En esos momentos simplemente intento pensar en cualquier otra cosa mientras jugueteo con el mástil. Y así, eludiendo la razón y la memoria, es como mis dedos encuentran el camino y terminan de interpretar la pieza.

¿Dónde está ese conocimiento si no está en mi memoria? ¿Es algún tipo de saber irracional? Yo no solo no puedo responder a esas preguntas, sino que tampoco soy capaz de definir con palabras en qué consiste ese conocimiento. Podría describir en un texto la posición de cada dedo en cada momento, pero ese texto no valdría como forma de transmisión de ese conocimiento. Quien lo leyera, sin otra fuente de información suplementaria, no sería capaz de interpretar la pieza de Sor. Tampoco podría concretar qué grado de presión debería imprimir cada dedo sobre cada cuerda y traste.

El filósofo húngaro Michael Polanyi sintetizó esta idea de que sabemos más de lo que podemos expresar en la noción de *conocimiento tácito* o *implícito*. Un buen ejemplo de esta idea lo representaba para mí Bones cuando aparejaba a Beleña mientras hablaba conmigo y bromeaba, es decir, mientras parecía separado de la tarea que tenía entre manos. El modo en el que aplicaba la fuerza en su justa medida para, por ejemplo, darle el apretón final a la cincha, bajo la panza de la burra, o asegurar todo el aparejo con un solo cabo largo. No era algo que pareciera estar pensando. No medía ni decidía. Simplemente ejecutaba.

De ese conjunto de movimientos coordinados e inconscientes a mí me asombraba la belleza, pero también la eficacia. Hay un punto en el que la economía de movimientos, el cumplimiento de la tarea y la belleza se unen. Supongo que era por eso por lo que no me cansaba de mirar las manos del guitarrista mientras interpretaba la pieza; las del albañil que enlucía una pared; las de mi hermana Fátima, artesana de la lana; las de Bones cuando preparaba el animal; las de la enfermera que lavó el cuerpo blanquecino de Marie cuando nació.

35

Aquel agosto disfrutamos de los festivales y del frescor de Edimburgo y a primeros de septiembre regresamos a España para reunirnos con Juanlu en el pueblo porque todavía quedaban algunos días de vacaciones escolares que queríamos aprovechar. Nos recibió un levante fuerte que seguiría con nosotros durante las dos semanas que estaríamos en la casa. Un viento que había tirado uno de los postes del tendedero y que había empujado hojas, arena, papeles y plásticos al rincón abrigado del patio, donde habían quedado atrapados en un remolino interminable.

Nunca como entonces se nos hizo tan evidente el estado calamitoso de la casa y sus contornos. Veníamos de una ciudad de edificios señoriales, armonizados todos por los mismos grises y marrones de la piedra arenisca extraída de la cantera de Craigleith. Los adoquines de las calles, homogéneamente erosionados por cientos de años de paso de carruajes, coches y zapatos. Y, cómo no, jardines mimados hasta el delirio, con setos recortados y praderas de césped limpias y uniformes, donde el verde era un solo verde, sin parches ni atisbos de malas hierbas.

En los alrededores de la casa, por contraste, lo heterogéneo dominaba, con muchas más especies de plantas de las que se nos habría ocurrido enumerar y con los restos acumulados en la *chatarrerie*, diversificados en nuestra ausencia. Nuevos hierros oxidados, más somieres de muelles, un andamio desmontado con dos tablones metálicos extensibles, un transportín de plástico para perros gigantes, un brasero, restos de carpinterías de aluminio, un rollo de alambrada, más chapa ondulada para tejados y un variado etcétera. Todo ello revuelto por ese caos vegetal, ya agostado, que acentuaba la impresión de abandono.

Beleña parecía entonces una burra feliz. Al menos, tranquila. Se movía a sus anchas por la parte trasera de la casa y acudía a nuestra llamada como un perrillo porque ya se había acostumbrado a asociar la presencia de cualquier ser humano con el pienso que cada tarde le llevaba Bones. Parecía que el animal había encontrado un verdadero refugio en la casa y que sus últimos años, en efecto, serían plácidos allí. Pero era una impresión falsa la nuestra, poco o nada acostumbrados a tratar con animales de su clase.

Fue precisamente Bones el que nos recordó que el otoño no sería tan amable como esos días de septiembre. Que el levante seguiría soplando por épocas y que lanzaría las lluvias contra la casa y los animales. Beleña va a necesitar abrigo, dijo. Y a Pérez no le va a venir mal tampoco.

Con ese comentario quedó inaugurada una especie de alianza según la cual, en el futuro, los terrenos traseros de la casa serían hogar estable y cubierto para la burra de Juanlu y el caballo de Bones. Harían compras conjuntas de pienso y el veterinario vendría para atender a los dos animales. En el corral grande, Juanlu acabaría instalando la caja desechada de un camión frigorífico que serviría como guadarnés y hasta una cuadra verdadera construida con vigas de hierro y con la chapa de las vallas publicitarias que se amontonaban en la *chatarrerie*. Cuando estabas dentro de aquella cuadra, como si fuera una cueva rupestre y pop al mismo tiempo, se veía la imagen impresa en papel del último producto que se había anunciado sobre esa valla antes de que fuera retirada de la carretera. Era un perfume francés. Una ironía en aquel espacio con olor a excrementos y orines de caballo.

Pero todo eso tardaría aún algún tiempo en llegar. Por lo pronto urgía una solución para proteger a los animales en el otoño que ya asomaba. Así que el siguiente fin de semana, Juanlu, Bones y yo comenzamos la construcción. Con los cuerpos de andamio, sus crucetas y con la chapa ondulada, montamos un tejadillo que adosamos al muro de contención trasero. Por el lado de levante atornillamos somieres y a sus alambres cosimos unos trozos de lona. Suficiente para quitarles a los animales la mayor parte del viento y de la lluvia que el otoño traería.

Cuando dimos por terminado el trabajo, lo celebramos compartiendo unas cervezas frescas. Viendo el resultado final no parecía que hubiera motivos para celebrar una inauguración porque el fruto de nuestro esfuerzo no era más que un gran apaño, un espacio provisional que solo mejoraba un poco las condiciones de abrigo que los animales habrían encontrado en el corral. Se habrían protegido del levante contra los densos espinos que marcaban el límite de la propiedad por el lado oeste. En último término, habrían soportado estoicamente las inclemencias del invierno, igual que pasaban gran parte del verano bajo el sol. Les ahorraremos mucha humedad, comentó Bones. Y, de paso, reduciremos las posibilidades de que enfermen durante el mal tiempo. La cuadra, si se podía llamar así a aquel tenderete, no aparecería jamás en ninguna revista de equitación ni, mucho menos, en una de decoración. Figuraría, eso sí, en nuestra historia íntima como el resultado de nuestro primer trabajo juntos.

Dos días después invitamos a Bones a una comida junto al tendedero, es decir, en plena calle.

Pusimos un par de sombrillas de playa, montamos una mesa sobre el pavimento roto y allí servimos la comida y la bebida. En un momento, hacia los postres, Bones y Juanlu trajeron a Beleña y a Pérez desde el corral y los amarraron al tendedero para que los niños se subieran a ellos. Conservamos muchas fotografías de ese día. Marie y Berta sobre Pérez; Beleña con un sombrero de paja por el que salen sus grandes orejas; Bones con gafas de sol; Anaïs riendo a carcajadas; Juanlu, descamisado, fingiendo que me roba la cartera mientras yo, concentrado, trato de descorchar una botella de vino.

En una de las fotografías aparece Mayoyi mostrándole un botellín de cerveza a la cámara. En ese momento todavía conserva su sonrisa plácida, como de Gioconda, algo lánguida por el efecto de las gafas, siempre un poco caídas sobre la nariz. Lleva los labios pintados y un delicado vestido de hilo blanco. Hemos comido ensalada de tomates de Rafaela, ensaladilla rusa de Anaïs y un solomillo al whisky.

De ese día recuerdo dos cosas: que Mayoyi estaba algo incómoda porque ni las niñas ni Juanlu se habían puesto camiseta a la hora de comer y que me enseñó a preparar el solomillo al whisky según la receta que había aprendido, a su vez, de su madre. Yo cocinaría muchas más veces ese mismo plato y siempre la recordaría. Algún día Berta y Marie aprenderían conmigo a preparar esa salsa y quizá se la enseñarían a sus hijos, sabiendo que aquella receta, como un martillo o unos pendientes, llevaba consigo el tiempo y el cuidado de quienes las precedieron.

36

Pasé el otoño del año 2015 trabajando en la versión final de la que sería mi segunda novela. Esa es una parte del oficio que me gusta, quizá porque tiene muchos parecidos con el trabajo artesano. En cierto modo, esa fase final en la que voy ajustando el texto en lecturas sucesivas se parece al acabado de un mueble en el que el ebanista rebaja con el formón los resaltes de los ensamblajes, pasa el cepillo para enrasar barrigas suaves, lija y barniza. El acabado final del mueble permite pasar los dedos por cualquiera de sus zonas y no sentir discontinuidades o rugosidades. El texto se trabaja de modo similar. Parte de un boceto esquemático y poco a poco se va haciendo más complejo y matizado hasta que al final se *lija* para ajustar un matiz expresivo, o poético, que no terminaba de llegar en las fases previas y que provocaba un tropiezo en la lectura. Una vez encontrada esa pieza o, más precisamente, armonizada con lo ya escrito, proporciona una nueva fluidez al texto. Leer sin notar asperezas y acariciar la madera con la misma esperanza, ese es el objetivo.

Pero al tiempo que le daba ese acabado final al libro que concluía, no dejaba de regresar a mi mente el programa de radio que había escuchado el verano anterior en casa de Susie. Aquel día en su cocina empezó a tejerse una especie de red con la que en lo sucesivo yo iría capturando todo lo que tuviera que ver con el trabajo y las manos. Pero no solo eso, también con el cuidado y el cuerpo; con la dispar consideración social de los trabajos intelectuales con respecto a los manuales. Un libro se encabalgaba con otro, sin descanso, como siempre sería.

Así que empecé a observar, a leer y a tomar notas que darían forma a la intuición que el programa de la BBC había despertado en mí. En esas notas se hizo frecuente la presencia de mi padre y de su taller de encuadernador. También mi madre, las recetas de cocina de su familia, su testimonio como cosedora de libros o de nuestra propia ropa. La recuerdo tricotando jerséis de lana para sus hijos y, sobre todo, recuerdo esas prendas: el tejido con más cuerpo que la ropa comprada, más grueso y resistente, con menos bolas. La veo zurciendo calcetines, preparando croquetas que, a día de hoy, siguen teniendo la forma de su mano cerrada.

En mis notas recojo artículos de prensa, películas y libros en los que, de una u otra forma, las manos tienen un papel destacado. También hay dibujos, propios y ajenos. O experiencias singulares, como la que vivimos junto con el arquitecto sevillano Santiago Cirugeda y su equipo, con quienes, una primavera, sombreamos junto con muchas otras familias el patio del colegio de Marie y Berta en el centro de Sevilla.

Cirugeda ha labrado su trayectoria como arquitecto diseñando y dirigiendo proyectos de autoconstrucción. Eso implica que, desde el diseño inicial, él y su equipo piensan cada fase y cada proceso para que puedan ser llevados adelante por personas sin conocimientos de construcción. En sus proyectos, son los propios usuarios los que ejecutan el trabajo. Manos que tantean lo desconocido y que, quizá, emancipan. Labores colectivas que vertebran a la comunidad porque permiten la apropiación del proyecto final. Cualquiera que haya tenido la experiencia de construir algo con sus propias manos establece un vínculo único con lo creado.

37

En enero de 2016 se publicó mi segunda novela y yo volví a la carretera durante algunos meses. Desde luego que podía compaginar los viajes con la escritura, pero tenía que hacerlo de manera fragmentada, a salto de mata. Lo que sí que podía hacer era seguir pensando en ese texto nuevo. Recogiendo información y acumulando material.

En medio de todo ese trasiego, echaba de menos la casa del pueblo donde, bajo la parra, sí que encontraba un espacio propicio para la escritura. A su recuerdo regresaba una y otra vez. Y también a la nostalgia y al consuelo del trabajo con las manos. Porque, aunque en los viajes sí que podía seguir dando forma a la intuición de ese futuro libro, no podría trabajar en ningún proyecto manual. Fue justo durante esos meses de viaje cuando tomé plena conciencia de lo importante que era para mí esa clase de trabajo físico. Me sorprendí echando la vista atrás, rememorando cualquiera de los proyectos que había acometido en la casa y también en otros momentos de mi vida. La huerta, la reja, la mesa que lijé en casa de unos amigos en Guadalix de la Sierra, la maqueta en cartulina de un estadio que hice con doce o trece años. Todos tenían algo en común: el embeleso. A su recuerdo volvía a menudo, incluso en las noches de insomnio en las que los pensamientos se volvían obsesivos. Traía a la memoria una tarea concreta con las manos, experimentada o vista en otros, y detrás venía el sosiego y, por último, el sueño.

Por aquellos meses, mientras me documentaba, cayó en mis manos un libro que terminaría siendo clave en la formación del que yo tenía en mente: *El artesano*, del sociólogo norteamericano Richard Sennett. En un momento Sennett afirma que, cuando trabajamos de cierta manera con las manos, estamos «absortos *en* algo» y que entonces «ya no somos conscientes de nosotros mismos, ni siquiera de nuestro yo corporal. Nos hemos convertido en la cosa sobre la cual estamos trabajando».[1]

Eso era exactamente lo que me pasaba a mí y a lo que yo llamaba embeleso. Una experiencia en la que trabajador, trabajo y pieza se hacen indistinguibles porque se funden el uno en la otra. En esa configuración extraña de la realidad, en ese mun-

1. Richard Sennett, *El artesano,* Anagrama, Barcelona, 2009.

do paralelo, la percepción de lo circundante desaparecía. Toda mi energía y mi capacidad de atención quedaban focalizadas en el trabajo, dejando fuera lo demás.

Anaïs me lo tenía que recordar cada poco porque el embeleso devenía fácilmente en un ensimismamiento que me ocupaba por entero y todo el tiempo, y yo no había elegido vivir solo, sino en compañía. En el mundo externo a la tarea yo seguía teniendo responsabilidades que debía asumir, que quería asumir. Así que cada vez que cruzaba la línea que separa el interior del exterior de ese círculo del embeleso, yo me preguntaba por esa fricción entre lo propio y lo común. Muchas veces entramos en conflicto por ese motivo. Discutíamos con amargura desde posturas distantes. A mí me arrastraba una pulsión física y a ella una necesidad de orden práctico pero, también, emocional. En el círculo cerrado de mi embeleso solo cabía yo.

Mientras estaba de viaje, una parte importante de esa nostalgia por la casa tenía que ver con su mera condición de lugar estable de trabajo. Escribir en hoteles, estaciones de autobús, en trenes, acentuaba esa necesidad de un lugar quieto, inalterado de un día para otro. Bajo la parra yo escribía de manera cotidiana y ordenada y en el corral pequeño trabajaba con las manos. Eran lugares más o menos precarios pero, al menos, dedicados al trabajo, cosa que no me pasaba fuera de allí. Porque ni en mi desempeño como escritor ni en mis incursiones en el trabajo manual, había disfrutado jamás de espacios exclusivamente dedicados a esas actividades. Siempre habíamos vivido en casas pequeñas de las que, durante muchos años, nos mudábamos con frecuencia. Yo escribía en el salón, en el dormitorio, en la terraza o, como en los últimos años, en una especie de ensanchamiento de un pasillo distribuidor. Por eso, cada vez que veía en una película a un escritor que necesitaba alquilar una casa en la Toscana para terminar su novela, sonreía. Como si la cercanía de un estanque con nenúfares, unos viñedos y unos cipreses infundiera al texto un fondo, una forma, un ritmo. En ese sentido me parecía más realista pensar en san Juan y en cómo compuso parte de su *Cántico espiritual* mientras estaba preso de los carmelitas de Toledo, soportando un cautiverio inhumano. Me servía no porque las condiciones materiales del segundo fueran más apropiadas para la creación que las primeras. Por supuesto que no. Mejor que la vista se pierda en colinas con campos de lavanda a que se ciegue en la oscuridad de una mazmorra. Lo que me servía del ejemplo de san Juan era el recuerdo de que, para escribir, mejor o peor, solo hace falta querer hacerlo.

Así que, sin la posibilidad de retirarme a mi casa en la Toscana, me acostumbré a escribir en bibliotecas públicas donde, al menos, podía diferenciar el espacio doméstico del laboral. Lo mismo me sucedía a la hora de trabajar con las manos. Si ya era difícil dedicar un espacio de la casa a la escritura, disponer de un taller era impensable. Cada vez que hacía algo, tenía que montar y desmontar una zona de trabajo. Tenía, además, que ser muy cuidadoso con los ruidos, el serrín, el polvo, las limaduras o las chispas porque, a fin de cuentas, trabajaba dentro de un espacio doméstico en el que la vida de la familia seguía su curso: había que preparar la comida, hacer los deberes, hacer las camas, comer, jugar al parchís, leer, ver la televisión, escuchar música o dormir.

Debió de ser en esa época en la que me aficioné a ver en internet vídeos de carpinteros trabajando. Me gustaba tanto asistir al proceso de cómo construían una silla como contemplar sus extraordinarios talleres: amplios, bien diseñados e iluminados, ordenados. Llenos de herramientas específicas y bien afiladas. Lugares en los que el artesano podía dejar la silla recién encolada, apretada con sargentos, y regresar a la mañana siguiente y encontrarla allí, sobre la mesa de trabajo, bien armada y lista para una nueva fase de la construcción.

Lo más parecido que yo había tenido en mi vida a un taller había sido el corral pequeño, tras aquella casa prestada en el pueblo. Bajo el árbol de los pájaros, yo podía dejar abandonada la tarea y las herramientas para irme a descansar. No solo eso, podía levantar polvo y hacer ruido. Podía, sencillamente, entregarme al trabajo. Toda mi atención en la tarea, fundido con ella.

38

En marzo viajé por trabajo a México, donde aproveché para ver a Luis Úrculo, un viejo amigo. Luis es arquitecto de formación y artista plástico de profesión. Mi llegada coincidió con el montaje de una de sus exposiciones. Hacía mucho que no tenía delante alguna de sus obras y, a pesar de que aquellas eran todas nuevas para mí, las reconocí como suyas al instante, como quien reconoce la letra manuscrita de alguien cercano, con sus temblores, sus imprecisiones y su variabilidad.

Al día siguiente desayunamos en un lugar que Luis conocía bien porque lo había diseñado él mismo: Amanda Manda, en la colonia Roma Norte. Amanda y su compañero, al que todos llamaban Pollo, cocinaban. Tres camareras traían y llevaban platos a las escasas mesas del establecimiento.

Me llamaron la atención las sillas del lugar, todas de madera. Había dos modelos, uno de los cuales me recordó a las típicas sillas plegables que tan populares eran en España. Las mismas que ya había en los veladores de los cincuenta. La versión de Amanda Manda no era tan ligera y, además, no se plegaba. Luis me contó que las había construido Pollo siguiendo los diseños de Enzo Mari. Parecían algo toscas porque los listones de madera que la componían eran más bien gruesos. Esa aparente tosquedad era, en realidad, un efecto inevitable y puede que hasta deseado por el diseñador. Inevitable porque las sillas debían ser resistentes y, sobre todo, inteligibles ya que estaban pensadas para que las montara cualquier persona, por pocos conocimientos que tuviera. En ese sentido, Cirugeda y Mari comparten idéntico objetivo: que sea el usuario final quien construya o monte aquello que va a usar. El hecho de que no sea un profesional o una máquina quien finalice la pieza amplía mucho el espectro de los posibles acabados. Habrá quien sea extremadamente preciso a la hora de seguir las instrucciones de montaje y habrá quien no.

Enzo Mari nació en 1932 en Cerano, Italia, casi en la frontera entre Piamonte y Lombardía, no muy lejos de Novara. Estudió arte y literatura en Milán y durante años trabajó para algunas de las grandes firmas italianas de diseño. De ideología comunista, en algún momento de su vida decidió que los beneficios del buen diseño debían estar al alcance de cualquiera. Por eso en 1974 publicó *Proposta per un'Autoprogettazione*,[2] un libro en el que difundía los planos e instrucciones de montaje de diecinueve modelos de muebles entre sillas, mesas, estanterías, etc.

Dos de esos modelos de sillas, los dos llamados Sedia, eran los que Pollo había ensamblado para Amanda Manda. La idea de Mari era entregarle al usuario final el resultado de sus estudios sobre ergonomía para que fuera cada cual, prescindiendo de la industria, quien construyera las piezas con sus propias manos. De este modo lograba, al menos, dos cosas: reducir el coste final de los muebles y, sobre todo, facilitar un acto de apropiación.

En condiciones normales, entre el escaparate de la tienda, física o virtual, y la pieza en casa media, exclusivamente, la entrega de una cantidad de dinero. Quien dispone de la cantidad puede acceder, sin más, a la belleza y al resultado de la reflexión del diseñador. Pago y me siento en la silla.

La apropiación que Mari defiende surge en el espacio que se abre entre la compra y el disfrute. Ese espacio, en la menor de las implicaciones, es el montaje. Puede conllevar también la búsqueda de materiales, el corte, el lijado, el barnizado, si lo hay. En cualquier caso, quien vaya a sentarse tie-

2. «Propuesta para un autoproyecto.»

ne primero que involucrarse en la construcción. Tiene que emplear sus propias manos y, en ese proceso, comprender la síntesis que va de las piezas al todo. De ese modo el usuario conecta a quien diseñó la silla con su yo futuro, el que habrá de sentarse sobre el producto de ese trabajo compartido entre creador y usuario. De nuevo la idea de proceso. Una idea que engarza bien con la vida porque la vida es exactamente eso: un proceso.

Sucede algo similar con la literatura. Entre quien la crea y quien la disfruta se inserta un proceso intermedio: la lectura. El autor entrega al lector tanto las piezas como el manual de instrucciones con que el libro habrá de ser montado-descifrado. El camino que va de las partes al todo en un texto, literario o no, es similar al que propone Mari con sus muebles. En último término, la apropiación: de una silla Sedia o del *Quijote*.

En todo proceso de apropiación se produce una agregación de materia. En el caso del libro, el lector incorpora a su ser algo que no estaba. Puede ser una nueva mirada sobre la condición humana, perpleja, irónica; puede ser una aproximación a lo heterodoxo a través del deambular delirante y poético de dos seres dispares. Cervantes le entrega los laureles del héroe a un hombre del que todos se ríen, a un loco. Una de las bienaventuranzas otorga la propiedad del reino a los niños. No a los sabios ni a los cabales. Desde luego no a los que tienen dinero para pagarse la entrada. No a los rectos de espíritu, ni a los puritanos, ni a los jerarcas. Ni siquiera a los que han hecho méritos. El reino es para quien no tiene con qué pagar. Lo verdaderamente valioso no se vende, se regala.

39

Leí el mensaje de Juanlu a la carrera, justo antes de entrar en la librería Luz y Vida de Burgos para presentar la novela que me había llevado hasta allí. Al parecer, el derribo de la casa era inminente porque Ignacio había vendido unos terrenos en la costa y había conseguido un beneficio suficiente como para ser él mismo quien desarrollara, al menos, el proyecto de los apartamentos. Ya no hacía falta que se dieran todas las circunstancias que antes eran necesarias. Nuestro tiempo allí parecía que, definitivamente, terminaba.

La novela que presentaba esos días en Burgos hablaba, entre otras cosas, de la relación de un ser humano con un lugar significativo del mundo. Significativo para él, se entiende. Una parcela de la Tierra en la que ese hombre tenía sus raíces, pero también parte de su identidad. Por ese motivo, Álvaro, el librero, había preparado un escaparate en el que la novela descansaba, desnuda, sobre una superficie de tierra seca y arcillosa.

Mientras hablaba con mi interlocutor en la librería y luego con los lectores que se habían acercado, sentía un desasosiego que traté de ocultar. Quizá parecí nervioso ese día. El caso es que, nada más terminar el acto, me disculpé un momento y llamé a Juanlu para que me diera más detalles. Necesitaba aclarar el verdadero alcance de su mensaje. Me contó entonces cosas que yo no sabía, como que ya había un proyecto de arquitectura de los futuros apartamentos e incluso licencia municipal para iniciar los trabajos. Ya solo era una cuestión de dinero y el dinero acababa de entrar en el bolsillo de Ignacio. Me sentí abatido y tuve que apoyarme contra el escaparate. El libro solo, débilmente iluminado sobre la tierra, y, dentro, atenuadas las voces por el cristal, los asistentes que conversaban, animados.

Sentí algo parecido a lo que ya había sentido alguna vez en mi vida al recibir la noticia de la muerte de alguien cercano. De entre todas las emociones que se mezclaban en situaciones así, dominaba la de la pérdida, la certeza súbita de que no volvería a ver a ese ser querido. El resto de las emociones, la pena, el dolor, su ausencia, podían esperar. Irían apareciendo con el paso de los días, de los meses. En ese primer tiempo lo que se imponía era la radical interrupción de lo que había sido una constante: la muerte hará imposible que vuelva a verte. Álvaro me hizo señas desde dentro de la librería. El pulgar en alto buscando mi confirmación de que todo iba bien. Respondí a su pulgar con el mío y le pedí con gestos unos segundos más de aislamiento. Le hubiera mostrado el *pollice verso* de los combates de gladiadores en la antigua Roma, pero no era el momento.

Esa noche, desde mi habitación, llamé a Anaïs, a quien Juanlu ya había puesto al corriente. Me tranquilizó sentirla tan serena. Había tenido tiempo, mientras yo me ocupaba de mi compromiso de trabajo, para asimilar la noticia y ponderar la situación. Yo me quejaba, como si se hubiera cometido una gran injusticia, y, a cada uno de mis argumentos, ella respondía con otro desde la calma. Me costó trabajo comprender su actitud tranquila, que al principio tomé por fría. A fin de cuentas, ella era una afectada directa. Ya no podría sentarse a leer a Tabucchi, ni a Alice Munro, frente a la casa. Ya no vería jugar a las niñas bajo la parra ni podría recibir a los amigos como tanto le gustaba. Ya no discutiríamos más allí ni firmaríamos la paz en el dormitorio Lincoln. Ya no me dibujaría en aquel lugar como solía, con el bigote electrizado y las manos como pequeños haces de leña. Así se lo dije y, salvo nuestras discusiones, estuvo de acuerdo en que echaría de menos lo demás, pero que no había nada que pudiéramos hacer para revertir la situación, salvo mirar atrás y dar gracias por el regalo que habíamos recibido.

Sentí entonces que mi reacción, quizá, había sido excesiva, porque la realidad era que nadie había muerto ni caído enfermo. No se había perdido ninguna vida, nada importante, solo una casa que no era nuestra y a la cual ya no volveríamos. Una casa que desde el principio sabíamos que iba a ser derribada. Lo que me trataba de decir Anaïs no procedía de la frialdad sino de la aceptación verdadera. A diferencia de mí, tan atado a la materialidad del lugar, al trabajo, a la reja y los enchufes, ella había comprendido nuestra situación allí desde el mismo principio.

Cuando colgué, me senté en la cama y me entregué, por última vez, o eso creía, al recuerdo de lo vivido. Y lo primero que recordé fueron las cenas solos o con amigos, bajo la parra. La tibieza de las noches de agosto, los olores de hierba seca que el viento traía y los cantos de las cigarras y los grillos. Los farolillos de papel que Anaïs compró, colgando del emparrado, vertiendo una luz cálida y tenue sobre los tomates aliñados y las berenjenas fritas, dándoles a las noches en el patio un aire de Feria de Abril. Las risas de unos y de otros, los niños descalzos, las manzanillas frescas y vivas de Sanlúcar. La arena de la playa todavía en los pies, las toallas colgadas del tendedero, la albahaca creciendo en el arriate, perfumando nuestros guisos.

Luego me vi escribiendo en los muchos amaneceres del estío, bajo esa parra y esos farolillos, apagados. El hule gastado en cuyos motivos repetitivos yo solía perderme en las pausas o en los momentos de desconexión con el texto. De allí habían salido muchas páginas, la mayor parte de las cuales nunca se publicarían. Me di cuenta de que aquella era mi Toscana y sonreí porque, al final, a mí también me habían venido bien los nenúfares y los cipreses que en mi caso eran otros: una parra y un tendedero para la ropa.

Recordé a Bones, a quien imaginé, en primer lugar, tirando de la rienda de Pérez. Escuché su voz desafinada cuando le daba por cantar palos flamencos antiguos y eché de menos una complicidad que ya no seguiría creciendo. Habíamos hablado mucho del tiempo y de los animales, de las fuentes y los alcornoques más grandes de la sierra, pero yo no había conseguido salir con él a caballo por esos mismos montes. No conocería ya el territorio extramuros en el que de verdad él reinaba.

Ya no vería a Anaïs leyendo en los escalones de la entrada, ni la piel de Berta y Marie ganando moreno a medida que los días pasaban. Ya no vendría Mayoyi, ni Fernando y su familia, ni Juanlu y Chocolate. Ya no descansaría el perro sobre las losas rotas ni saldría corriendo tras los gatos. Ya no nos despertaría en medio de la noche con sus aullidos largos como lamentos, recordando, quizá, su antiguo cautiverio.

Yo hubiera querido perpetuar para siempre esa cotidianidad salvadora. Una costumbre que inyecta sentido a la vida. Si algún día pierdo a quien más amo, lo que echaré de menos cada día no serán los grandes momentos pasados sino los pequeños vividos. Lo pequeño nos consuela, hace de los días algo soportable. Pero es lo grande lo que nos orienta, como las virtudes de las que nos habla Natalia Ginzburg:

Por lo que respecta a la educación de los hijos, creo que no hay que enseñarles las pequeñas virtudes, sino las grandes. No el ahorro, sino la generosidad y la indiferencia hacia el dinero; no la prudencia, sino el coraje y el desprecio por el peligro; no la astucia, sino la franqueza y el amor por la verdad; no la diplomacia, sino el amor al prójimo y la abnegación; no el deseo de éxito, sino el deseo de ser y de saber.[3]

3. Natalia Ginzburg, *Las pequeñas virtudes*, Acantilado, Barcelona, 2019.

40

A principios del verano de 2016, nada más terminar mis viajes de promoción, nos fuimos a vivir a Edimburgo y ya no regresamos a España hasta el verano siguiente. Nuestro plan era volver a alojarnos algunas semanas en casa de Susie, cuidando de sus gatos, mientras empleábamos ese tiempo en encontrar una casa propia en la que vivir el año que teníamos por delante. Pero el entusiasmo nos impidió darnos cuenta de lo evidente: en verano la ciudad multiplicaba su población a causa de los festivales que atraían gente del mundo entero. La consecuencia fue que en el plazo de un mes y medio tuvimos que vivir en seis pisos distintos hasta que, por fin, un casero quiso alquilarnos su apartamento. Se llamaba Brian y justo estaba en el piso el día en el que, con otras diez o doce personas, nos había citado la agencia inmobiliaria. Habíamos hecho ya decenas de visitas como aquella, donde un agente joven abría la puerta con una carpetilla en la mano, comprobaba en una lista que tenías cita concertada y luego te daba cinco minutos para que recorrieras el lugar, cinco minutos de preguntas y a la calle, donde esperaban otras diez o doce personas para la siguiente visita. Si nos gustaba la casa, Anaïs y yo debatíamos durante otros cinco minutos, nos decidíamos, llamábamos a la agencia para interesarnos por el piso y entonces te decían que ya había sido alquilado o que, con tus papeles españoles, no podían acreditar tu solvencia económica. Pero aquel día Brian nos conoció en persona y quizá le parecimos cansados o desvalidos y dio orden a la agencia para que nos alquilara su casa aunque nuestros números no encajaran en su burocracia.

Pasamos los siguientes meses plenamente absorbidos por la adaptación a una nueva ciudad, un nuevo país y una lengua que creíamos conocer pero que se volvía ininteligible por el marcado acento de muchas de las personas con las que tratábamos.

Después de la instalación, llegó la fascinación. En esos intensos meses me desentendí por completo del futuro de la casa del pueblo dando por hecho que, en nuestra ausencia, el proyecto de demolición y nueva construcción seguiría su curso. El distanciamiento fue tal que no solo no volví a pensar en la casa, sino que dejé incluso de tomar notas para el futuro libro sobre las manos. Todavía no me había dado cuenta de que la historia que yo quería contar sobre el trabajo manual necesitaba un escenario y que ese escenario sería la casa.

Durante ese año me comuniqué con frecuencia con Juanlu pero nunca le pregunté por el proyecto de Ignacio y él tampoco me contó detalles. Volvíamos a ser dos niños convencidos de que lo que no se nombra no existe.

El año en Escocia se fue casi sin que nos diéramos cuenta. Habíamos pasado unos primeros meses complicados pero, al final, habíamos encontrado nuestro sitio allí, así que, antes de que terminara el curso escolar, tomamos la decisión de que nos quedaríamos, al menos, un año más.

Al llegar las vacaciones, cogimos un vuelo a Málaga, donde Juanlu nos recogió en coche para llevarnos a la casa del pueblo. Nos esperaba en la zona de taxis porque no podía entrar a la terminal con Chocolate. Juanlu nos recibió con abrazos y el perro moviendo el rabo y tirando de la correa, excitado, sobre todo, por los juegos de Marie y Berta. Por el camino Juanlu nos contó que, no sabía el motivo, pero Ignacio todavía no había iniciado el proyecto. Confesó que no se había atrevido a llamarle para pedirle información concreta. Simplemente se había desentendido suponiendo que, en caso de demolición inminente, seríamos avisados con tiempo suficiente como para sacar de la casa los objetos personales.

La llegada aquel verano fue extraña. Era como si el puro azar, algo que estábamos lejos de controlar, nos hubiera perdonado en el último momento sin que supiéramos por qué. No trabajé en la casa durante la primera semana de estancia. Recuerdo, eso sí, haber sacado a pasear a Beleña casi cada tarde. Hay una fotografía en la que Marie y Berta están montadas en su lomo y yo sujeto el ronzal con una mano. Miramos a la cámara de Anaïs. Las niñas ríen, pero yo no. En el cielo, a nuestra espalda, hay nubes densas y bien perfiladas en las que se reflejan los naranjas del atardecer. Parecemos un grupo de turistas de los años setenta, de los que llegaban de Suecia o Inglaterra al sur de España y alquilaban un paseo en burro por la sierra.

En mi cuaderno de aquellas semanas escribí una nota que reflejaba mi estado de ánimo. Era extraño, venía a decir, estar de vuelta en una casa que ya dábamos por derruida. Como quien se reencuentra con un amigo que hace años que fue dado por desaparecido. Al principio domina esa extrañeza que impone una distancia de cautela. No puede ser que estemos juntos, todos creíamos que habías muerto. Incluso celebramos tu funeral. Pasamos un duelo. Para nosotros eres parte del pasado.

Superada esa primera extrañeza, empezamos a retomar nuestro espacio allí hasta que, pasada una semana, todo volvió a ser como antes. Pero lo que verdaderamente marcó nuestro renacimiento con respecto a la casa ese verano, lo que verdaderamente nos quitó el susto del cuerpo fueron las gallinas que Juanlu trajo por esos días.

Sin más —era una sorpresa para las niñas, dijo— se presentó con doce gallinas de diferentes especies. Esa misma tarde tuvimos que levantar con urgencia un cercado en el patio trasero, por encima del muro de contención. Aprovechamos el caudal inagotable de materiales que nos servía la *chatarrerie*. Ves, me decía Juanlu, al final toda esta mierda nos va a sacar del aprieto.

Y así fue. Levantamos una fila de postes con perfiles metálicos diversos y luego los unimos con parte de la alambrada que llevaba allí ya tantos meses. Recuerdo lo que nos costó desenmarañar el rollo camuflado entre las hierbas. Luego celebramos una pequeña ceremonia de suelta. Llevamos la jaula en la que venían las gallinas al centro del espacio y le pedimos a Berta que abriera ella la portezuela. Las gallinas salieron tímidas después de varias horas de cautiverio y no tardaron en perderse por el patio. Al atardecer se reunieron en la higuera, algunas subidas a las ramas y otras acurrucadas entre las raíces superficiales del árbol. Al día siguiente montaríamos algún techado sencillo para que se refugiaran.

Pero esa noche, con las niñas ya acostadas, Anaïs, Juanlu y yo, vino en mano, decidimos que esta vez no haríamos un apaño sino que construiríamos un gallinero en condiciones para que los animales tuvieran abrigo y buena vida. No quisimos ni mentar la posibilidad de que en unas semanas pudieran comunicarnos, por qué no, la noticia definitiva del derribo. Había llegado el momento de dejar de medir nuestros pasos. De dejar de calcular. El resto de la sobremesa fueron detalles constructivos y materiales necesarios y, sin darme cuenta, yo estaba de nuevo metido hasta las trancas en aquella casa, saboreando una vez más el disfrute que me aguardaba.

41

Alquilamos una mezcladora portátil y compramos treinta sacos de hormigón. Mientras Juanlu organizaba los materiales y las herramientas que necesitaríamos, Anaïs y yo desbrozamos la zona en la que iría el gallinero y luego, entre los tres, echamos una base amplia de hormigón que armamos con un mallazo de ferralla oxidado. Cuando la losa fraguó, montamos sobre ella la estructura del gallinero. Sin complicaciones: cuatro paredes y dos aguas pronunciadas, como las casas que los niños dibujan en la escuela. Las gallinas nos rodeaban, yendo de un lado a otro, picoteando incansablemente el suelo en busca de alimento. Se apartaban asustadas cuando pasábamos cargando algún material. Me gustaba verlas allí, cercadas pero con mucho espacio, disfrutando de la densa sombra de la higuera y con agua abundante.

En dos días el trabajo estuvo listo, así que, por recomendación de Rafaela, nos dedicamos a mejorar el cercado provisional añadiendo nuevos espacios acotados, como pequeños corrales. Nos dijo que nos servirían en el futuro para aislar a determinados animales que necesitaran protección, una alimentación diferente o cuidados específicos de algún tipo.

Fabricamos ponederos con grandes garrafas de plástico seccionadas y un comedero que colgamos de un alambre a pocos centímetros del suelo. Lo suficiente para que los ratones no se llevaran el grano.

A partir de la semana siguiente y hasta el día en el que las gallinas abandonaran definitivamente la casa, la primera tarea de las niñas al despertarse cada mañana sería ir a los ponederos en busca de huevos. Cuando los encontraban, regresaban a la casa exultantes, con legañas todavía en los ojos, para mostrarnos los pequeños tesoros, algunos todavía calientes.

Hasta que Juanlu cayó en la cuenta, cada vez que las niñas iban al gallinero, tenían que alejarse de la casa y remontar el talud que empezaba donde terminaba el muro de contención construido años atrás. El talud, por supuesto, estaba cubierto por las hierbas secas que allí crecían. Al pie de las plantas, tapado por ellas, el suelo arcilloso estaba lleno de trampas porque Beleña había pastado allí en invierno y había hundido sus cascos en el barro que luego, con el sol, se había endurecido como si fuera cerámica. Así que Juanlu cogió un somier de lamas de madera, lo apoyó contra el muro de contención y las niñas empezaron a subir y bajar por él cada vez que iban al gallinero. Era una escala endeble e inestable que todos empezamos a utilizar con naturalidad desde aquel día porque, a pesar de su precariedad, era mucho mejor que pasar en pantalón corto por entre las hierbas secas o meter un pie en uno de los agujeros en el barro.

En algún momento una de las lamas se rompió y, casi siempre que se utilizaba, el marco del somier se movía al cargar el peso. No era particularmente cómodo, ni sencillo, ni tranquilizador. Pero, como tantas cosas en la casa, lo asumimos como si aquella fuera la única solución posible para el problema de subir al gallinero. En una casa donde había tantas mejoras que hacer y tantas necesidades por satisfacer uno terminaba aceptando el espíritu del lugar. Naturalizamos el hecho de subir al gallinero trepando por un somier como también naturalizamos en su día tener que hervir agua para lavar los platos en invierno o pasar por el baño común para meternos en la cama.

Había, sin embargo, una corriente de fondo que escapaba a esa tosquedad primitiva de la casa. Era una capa sutil que Anaïs había ido tejiendo allí con el paso de los años. Yo, distraído con los grandes trabajos, no me enteraba de que el espacio se iba transformando a un nivel más profundo y delicado. Era aquella manta azul, pero también un hule nuevo cada cierto tiempo para la mesa del patio, un poco de queso para cuando venían Rafaela y Manuel, unos cojines coloridos. También estaban las fotografías que tanto le gustaba imprimir y que había ido repartiendo por las paredes y los muebles. Imágenes que recogían buenos momentos pasados allí y que iban formando una especie de libro de visitas. Abundan las fotografías preparando un arroz o haciendo barbacoas. Fotos de amigos y de vecinos posando en el patio y junto al tendedero. Esas aportaciones de Anaïs no transformaban radicalmente el espacio pero predisponían a una buena vida, compartida o solitaria, dentro de ese espacio. Pequeñas cosas a las que yo nunca había prestado demasiada atención pero que, unidas, alejaban la casa de la idea de cobijo y la acercaban a la de hogar.

42

Aquel verano de reencuentro fue el primero en el que de verdad experimenté la ligereza de lo provisional. Después del amago de derribo burgalés y de la distancia escocesa, había adquirido una conciencia más o menos clara de nuestro estatus allí: estábamos de paso. Esto, que era algo evidente desde el primer día, también tuve que aprenderlo. Anaïs, sin embargo, vivía esa provisionalidad con una naturalidad de la que yo era incapaz. Igual que vino se marchará, solía decirme, y yo asentía y confirmaba que sí, que había interiorizado esa máxima. De hecho, cuando hablaba con alguien del asunto me mostraba convencido de esa idea estoica. Y me permitía añadir que la casa era una verdadera metáfora de la vida tal y como yo la concibo: temporal, centrada en el presente, más cercana a la visión de la cigarra que a la de la hormiga del cuento. Recordaba entonces lecturas de la juventud en las que se forjó ese ideal de vida ligera. Lecturas que encendieron al joven que fui. Hermann Hesse, Nietzsche, Séneca. Recuerdo la *Carta a los herederos* de Antonio Gala y, sobre todo, a Anthony de Mello cuando hablaba de que el amor solo puede darse plenamente desde el desapego. Que el deseo de poseer aquello que se ama, por definición, extingue el amor mismo. Y hablaba del árbol, que entrega su sombra a todo el que se acerca, ya sea un santo o un sátrapa. Amor sin apego y también sin juicios. Así contestaba yo aquellos días cuando me preguntaban por la casa. ¿Y qué haréis cuando construyan los apartamentos? Nos despediremos del lugar, agradecidos por lo vivido, y seguiremos nuestro camino. Así lo predicaba yo, como si fuéramos personajes de una parábola mística oriental.

Pero mentía, me resistía a perder para siempre aquel espacio que ya estaba tan dentro de nosotros y de nuestra historia particular. Todo era un cuento. Yo me había apegado a aquella casa que no era nuestra y me resistía a dejarla marchar sin más. El discurso pertenecía al joven que fui y la verdad, al hombre que era. Y entonces sentí que todas esas parábolas de amor puro que incendiaron mi juventud también podían arder tranquilamente. Aquello que amo, me dije, lo quiero pegado a mi pecho. Quiero poder acariciarlo con mis manos. Quiero poder llorar su ausencia.

43

Estábamos de paso. La casa no era nuestra. No habíamos pagado por ella. Sin embargo, en el mejor de los sentidos, nos habíamos apropiado de ella incorporándola a nuestras vidas a fuerza de pintar sus paredes, de rellenar sus grietas, de compartir la comida bajo la parra. Una cosa era tener una escritura con tu nombre y un número de catastro y otra apropiarse del lugar. De lo primero se encarga el notario, con sus apresuradas rúbricas, sus palabras graves, su ensayada cortesía y sus aranceles estipulados por ley. De lo segundo se ocupa la vida.

En el hecho de habitar subyace de nuevo la idea de la fusión, porque el espacio y sus ocupantes se aportan algo mutuamente. Quien habita, por el simple hecho de hacerlo, otorga sentido a lo habitado. También aporta, cada día, corrientes de aire que evacúan la humedad y mantienen sanas las estructuras. Y añade también un desconchón en un zócalo, de un día que fue golpeado por accidente con la esquina de una mesa. Quien habita incorpora olores que impregnan las paredes y los muebles: tabaco, coliflor, sopa de sobre o de verdadero cocido, pescado frito, aguarrás, pañales, pintura, lejía, una rama de laurel seca, zapatos y ropa sucia. Ropa limpia, sábanas blancas, desodorante, insecticida. Café de la mañana y de la tarde y pasta con tomate, pollo asado, almidón, unas flores, mejillones. Y los secretos propios de la intimidad, muchos.

Todo eso deja un rastro en las paredes y los techos. Estructuras que nos protegen de las radiaciones generadas en lejanas tormentas solares y de la lluvia, que nos separan de los animales y de los vecinos. Esta casa nos proporciona un escenario para el amor y la disputa al abrigo de los otros. Para el crecimiento de las niñas, para el calor de un fuego y la rotura de una ventana. En la casa se ve el telediario, se lee, se escucha la radio al fondo, tranquilizadora. Se discute sobre política, se expulsa a los gatos y se los acoge.

Dentro de una casa de Olivenza, mis hermanos mayores aprendieron a montar en bicicleta, tan grandes eran sus habitaciones. Bajo el fogón antiguo de aquella cocina, yo cogí con mi mano infantil un vaso de vino que mi madre tenía reservado para un guiso y me lo bebí entero. Me encontraron dando tumbos y diciendo cosas incongruentes.

En los dormitorios, a cierta edad, colgamos pósteres de grupos musicales, de jugadores de baloncesto, de gente que nos parece guapa, de paisajes alpinos, de cuadros del Hermitage y del Prado. De calaveras y demonios. Sobre la cabecera de la cama de matrimonio de mis padres, un cristo de escayola pintada al que se le ha roto una muñeca. A través de esa fractura se ve el alambre que arma la figura.

Pisos de estudiante, pisos compartidos por tres familias, chabolas, mansiones con jardín, piscinas, muebles que pasan de moda o que vuelven a ponerse de moda. Cosas que cada día, uno tras otro, entran por la puerta: un armario ropero, los apuntes de la mañana en clase, unos platos de cartón para un cumpleaños, un tiesto de barro de tres litros de capacidad, el tablero de una mesa encontrado en la calle. Cuando, en la mudanza, todo eso tenga que salir por la puerta en un mismo día, nos asombrará, de nuevo, la capacidad que tenemos para acumular cosas. Y nos prometeremos aprovechar la ocasión para deshacernos de muchas de ellas. Y no lo haremos o lo haremos de manera arbitraria e incompleta. No encontraremos plena satisfacción ni en retener ni en desprendernos.

Habitar la casa es ir pegando pequeñas notas amarillas en las paredes en las que se cruzan nuestra vida y nuestro tiempo. Las cosas, dice Hannah

Arendt, «estabilizan la vida humana».[4] Y eso es así, explica, porque frente a la cambiante naturaleza del ser, siempre existe la materia como elemento estable que nos ayuda a recuperar la unicidad. En ese rincón al que nos vinculamos íntimamente, recibiste un día la noticia de la muerte de la madre y eso te fracturó. Años después, el rincón seguía allí, más o menos como siempre, para recordarte que no es tu vida la que ha desaparecido. Que la tuya sigue adelante y reclama ánimo y rumbo. En el mismo sentido en el que Arendt se refiere a las cosas lo hace Byung-Chul Han: «Las cosas son un polo de reposo de la vida».[5]

4. Hannah Arendt, *La condición humana*, Paidós, Barcelona, 2016.

5. Byung-Chul Han, *No cosas*, Taurus, Barcelona, 2021.

44

A mediados de agosto volvimos a Escocia. El viaje que va desde la escalera-somier a la refinada escalera de arenisca de Craigleith. Era un privilegio poder transitar entre esos dos polos tan distantes, ambos temporales. La casa del pueblo terminaría cayendo y, en no mucho tiempo, abandonaríamos para siempre el apartamento de Brian porque, ni a medio ni a largo plazo, podíamos permitírnoslo. Por un lado, la vida en Escocia consumía nuestros ahorros y, por otro, nunca seríamos capaces de comprarle a Ignacio la propiedad del pueblo.

De regreso a Edimburgo pude meditar con calma sobre lo vivido en la casa del pueblo durante ese verano. Aquellos ideales de juventud sobre el amor me parecieron entonces ridículos. Caí en la cuenta de que Anthony de Mello, que yo supiera, no había sido padre, como yo tampoco lo había sido en el tiempo en el que leía sus textos. Quizá no haber tenido hijos le permitía teorizar sobre el amor en términos tan estoicos.

Aquellas primeras semanas en el norte, azuzado por la distancia fría, fue creciendo en mí una emoción rabiosa. Ignacio, me decía, no sabe qué es lo que está pasando en su casa mientras él reúne dinero para su proyecto. Su visión del lugar es únicamente mercantil. Si supiera cuánta vida ha surgido mientras él miraba para otro lado, quizá no derribaría la casa, sino que la preservaría. Nos imaginé defendiendo aquel lugar como activistas. Esperaríamos a las máquinas con pancartas, unos encadenados a la columna de cemento de la parra, otros tocando la guitarra, muchas velas encendidas, rezos y gritos contra el capital y los especuladores. Y yo volvería a tener el pelo largo, o pelo, sin más. Por suerte viví esas emociones en soledad, sin revelarle a nadie que había sustituido el estoicismo de Séneca por la resistencia numantina de Chanquete.

La furia, por llamarla de algún modo, solo duró unos días. En la distancia, me había rebelado contra la figura de Ignacio olvidando que, si habíamos llegado a habitar aquella casa, si yo mismo estaba pensando en él, era, precisamente, gracias a su visión para los negocios y también a su generosidad.

Esa Navidad Mayoyi viajó a Escocia para pasar con nosotros las fiestas. Edimburgo entonces no resplandecía, sino que se difuminaba en medio de la niebla baja. La gente iba por la calle cargando árboles de Navidad naturales. Retoños de abetos criados al efecto en laderas de las Tierras Altas y talados jóvenes con el único propósito de decorar las casas durante algunas semanas. Al terminar las fiestas, esos mismos árboles serían abandonados en las calles, algo que a mí me producía indignación y pena. Igual que le sucedía a Ideafix, el perro de Obélix, cuando su amo desarraigaba un roble de veinte metros para lanzárselo a los romanos.

Pero mi recuerdo principal de aquellos días no tiene que ver con la Navidad ni con los árboles sino con Mayoyi. Regresábamos una tarde a casa después de dar un paseo por la zona vieja, donde solían instalar un mercado. Mayoyi iba delante llevando de una mano a Berta y de la otra a Marie. Nos disponíamos a cruzar el río Leith por el alto puente de piedra cuando Mayoyi tropezó y se desequilibró. No llegó a caer al suelo, pero se asustó y asustó a las niñas.

Aquella noche, Anaïs rememoró el episodio. Nosotros habíamos pasado cientos de veces por ese lugar. Era un tramo de acera bien pavimentado, sin apenas irregularidades. Tan solo los ligeros resaltes entre losas que, con los años, se desnivelaban ligeramente. Yo le resté importancia a lo sucedido; a fin de cuentas, le decía a Anaïs, quién no se tropieza de cuando en cuando. Jamás se me ocurrió pensar que aquel episodio marcaría el inicio de todo lo que estaba por venir. No volvimos a hablar del asunto, aunque Anaïs siguió observando en los siguientes días los movimientos de su madre al caminar hasta que, en otro paseo, detectó un ligero arrastre de su pierna izquierda. Me lo hizo notar y sí, concedí, la mujer, al caminar, levantaba menos una pierna que otra. Pero era un gesto tan sutil que apenas se percibía.

Las fiestas terminaron, Mayoyi regresó a Sevilla y, pocos días después, en enero de ese año 2017 recién estrenado, yo tomé una nota en mi cuaderno en la que, por primera vez, conectaba a Ignacio con aquel programa de la BBC que había escuchado en casa de Susie un año y medio antes. Ese libro sobre las manos, venía a decir, será también una especie de carta en la que le cuente a Ignacio lo que sus ojos no han visto y, al tiempo, sirva para agradecerle la oportunidad que, sin saberlo, nos ha regalado. Ahí fue cuando volvió a llamar a mi puerta el elogio de las manos que empezaba entonces a evolucionar desde una especulación teórica a un proyecto literario.

Durante los siguientes meses combiné la escritura de la novela que me ocupaba por aquel entonces con la preparación del futuro libro, en el que, a través de nuestra estancia en la casa, reflexionaría o, más bien, divagaría sobre la importancia para mí del trabajo manual. Todavía no sabía cuándo llegaría el próximo aviso de demolición o, como terminaría sucediendo, el del derribo definitivo. De lo que ya era consciente es de que llegaría ese momento. Por eso, a partir de aquel día empecé a trabajar con intensidad en ese futuro proyecto. Tenía que reunir la mayor cantidad de material y notas antes de que todo se viniera abajo. Una cuenta atrás acababa de iniciarse para mí.

45

Crecí en un hogar donde, que yo recuerde, nunca entró un electricista. Quizá algún fontanero en una emergencia, pero eso es algo que tampoco puedo asegurar. Mi padre se encargaba de todo lo referente al mantenimiento de una casa que, en gran medida, había levantado él mismo con sus propias manos. Era un sueño que tenía, su obra magna, tras toda una vida de trabajos menores.

Como me sucedía a mí, su dedicación a lo manual era secundaria porque su ocupación laboral era otra. Él era maestro de escuela aunque su verdadera pasión, no me cabe duda, era trabajar con las manos. Su curiosidad por lo material fue constante hasta el día de su muerte y, como si fuera un artista, tuvo sus épocas. Durante un tiempo se dedicó a la madera imponiéndose retos técnicos tan absurdos como mi reja en la ventana del almacén. En la casa familiar, mi madre todavía conserva, entre otras muchas cosas, las piezas de cuando se centró en el torneado. Sobre un armario hay una serie de cinco columnas a escala, de unos cuarenta centímetros de altura. Van desde un fuste cilíndrico liso, sin estrías ni collarinos, a una columna salomónica, delirante y delicada, en la que el interior del fuste ha sido vaciado y lo que queda son tres espirales que ascienden conectando basa y capitel.

De su etapa como pintor hay reproducciones personalísimas de Zurbarán, Van Gogh, Goya y, sobre todo, el Greco, su favorito. Por su tamaño, destaca una *Fragua de Vulcano* pintada sobre cartón y llama particularmente la atención un *Marte* de Velázquez, por algún motivo, microcéfalo. Esa colección conforma lo que mi viejo amigo Espartaco llama el museíto del Prado.

Está la etapa de los bajorrelieves de escayola que van desde una Virgen del Pilar a escenas de guerreros asirios. La época de las maquetas de cartulina, la de las miniaturas, la de marquetería, la de las incrustaciones de madera, la de albañil artístico o la de constructor de herramientas de trabajo para mi hermana Fátima, tejedora profesional.

De cada una de esas etapas, y de algunas más, hay registros en la casa familiar. A través de esos objetos se puede recorrer su vida y también el espíritu que imprimió en todos nosotros, sus hijos. Aunque solo dos de mis hermanos se dedican a oficios de tipo manual, todos tenemos tendencia a hacer cosas con las manos: flores de tela, punto de cruz, dibujo, cocina, hilado, escayola, madera, hierro.

La distancia en Escocia era múltiple. Estábamos lejos de España, de nuestros círculos sociales y de la cultura en la que nos manejábamos con naturalidad. Estábamos lejos de la lengua española, del sol y del calor. Por el contrario, estábamos sometidos a unas condiciones climáticas que hacían de la vida en la calle algo difícil. En el equinoccio anochecía a las tres y media de la tarde y era raro que pasaran más de dos días sin lluvia. La temperatura era baja y el viento húmedo y helador.

Lo cierto es que ese clima y esa latitud nos encerraban en casa o en las bibliotecas y, quizá por eso y por la distancia con mi objeto de observación, yo pude avanzar notablemente en mi preparación del libro sobre las manos. Leí mucho en aquellos meses, pensé, tomé abundantes notas.

Esto lo escribí en marzo de 2017: La posibilidad de construir lo que uno va necesitando contribuye a la autonomía y a un entendimiento del mundo que conlleva agregación. En el caso de la silla de Enzo Mari, lo que se agrega es de naturaleza múltiple: una habilidad corporal; un conocimiento nuevo sobre el mundo que nos rodea; una suelta de amarras, de lo desconocido a lo ejercido. Manejar una sola tablilla de madera, cortarla, lijarla, perforarla, nos informa sobre el resto de posibles tablillas de madera. Una vez inaugurado el camino, perdido el miedo, lo que resta es gozo. La implicación consciente en aquello sobre lo que nos apoyamos para vivir (sea una silla, la delirante clarividencia del Quijote o un tomate criado en el balcón) nos permite incorporar el mundo que nos rodea, agregarlo a nosotros. Por supuesto que no es necesario convertirnos en autores de todo cuanto usamos o productores de todo cuanto comemos. Ese camino nos ataría a la satisfacción de las necesidades más elementales, aunque sea un camino posible y deseable para algunos. En mi opinión, basta con atreverse a hacer una sola cosa con las propias manos, algo que creíamos que no sabíamos hacer. Un dibujo en una servilleta de papel sería un comienzo excelente.

Un papel y un lápiz son dos objetos cotidianos al alcance de cualquiera en un contexto normal. Trazar líneas con el grafito es una habilidad sencilla. En su explicación más elemental, dibujar es poner en contacto un mineral blando con la rugosidad de las fibras de papel. El pulgar y los dedos índice y corazón sostienen el lápiz de tal manera que pueden combinar y coordinar sus respectivas movilidades para llevar la punta de un lugar a otro del papel hasta conseguir el dibujo. Bien pensado, es un acto de una complejidad sobrecogedora. La mina se arrastra con la presión justa y parte del mineral de la punta se desprende quedando adherido a las fibras del papel. Dos naturalezas en contacto ceden parte de sí para constituir algo nuevo. Vale para el dibujo, la soldadura, pero también para el amor entre dos personas.

El origen del lápiz se sitúa en Seathwaite Fell, en la región de Cumbria, al norte de Inglaterra. Allí sigue estando el mayor y más puro depósito de grafito descubierto en el mundo. Se sabe que, en la Edad Media, los ganaderos locales utilizaban ese extraño mineral para marcar sus ovejas. La cualidad que hace que ese mineral manche se sigue aprovechando hoy en día con muy pocos añadidos. Es decir, cuando dibujamos o escribimos con un lápiz estamos sorprendentemente cerca del hombre que mancha con óxido de hierro los techos de la cueva de Altamira.

En ambos casos, en Altamira y hoy, la mano toma un pigmento y lo arrastra contra una superficie rugosa. En las figuras animales de la cueva se anuncia la humanidad misma. Las cualidades que nos hacen ser lo que somos: desde la autoconsciencia al dominio de los dedos; la gracia. Quiero pensar que quienes dibujaron aquellos bisontes lo hicieron sintiendo un íntimo placer. Habían conseguido meter en la cueva los animales a los que les debían su supervivencia. Verlos allí, a la luz de la hoguera, debía de ser alentador, debía de infundir esperanza.

De todas las habilidades que están al alcance de mis manos, el dibujo es para mí la más anhelada y enigmática. Su grado de complejidad puede ser altísimo, pero también lo contrario: puede ser tan simple como un solo trazo. En una ocasión hablé sobre ello con la ilustradora Elisa Arguilé. Es en el trazo donde la particularidad se manifiesta, me dijo. No en el dibujo sino en el simple trazo. Anoté ese pensamiento de Elisa en mi cuaderno y, desde entonces, pienso en él cuando dibujo.

Ese trazo particular, inimitable, es el resultado de una mezcla al tiempo precisa y variable de ingredientes: la presión, la inclinación, el tipo de lápiz o pluma, la tinta, el papel, el estado de ánimo, la presión arterial, la humedad ambiente, los recuerdos, los traumas, los triunfos. Esa particularidad se inscribe en cualquier tramo del trazo. Está ya en el principio y allí seguirá al final.

Lo que me resulta enigmático del dibujo no es la complejidad y perfección que puede alcanzar sino su sencillez. Claro que me encantaría ser capaz de dibujar el Pórtico de la Gloria con todos sus detalles pero, si pudiera elegir, preferiría poder hacerlo como un niño. Que mi trazo revelara despreocupación, ligereza y alegría. Quisiera que mi trazo no hablara de lo que sé hacer sino de lo que soy capaz de descubrir. Quisiera para mis dibujos, en resumen, lo que quiero para mi vida: no tener miedo.

Muchos veranos nos visitaron Espartaco y su familia. Con ellos reíamos, íbamos a la playa, subíamos al Lagarto con Beleña, hacíamos arroz, siempre descalzos y descamisados. Con ellos dibujábamos. Casi cada día nos reuníamos alrededor de la mesa del patio, sacábamos los cuadernos y los lápices y jugábamos. En una ocasión hicimos una rueda de retratos en la que cada cual tenía que dibujar a quien tuviera a su derecha. Sólo había una regla: no se podía mirar al papel, únicamente al modelo. Los dibujos fueron tan divertidos como sorprendentes porque prescindían del resultado. Que uno quisiera hacerlo bien era irrelevante. Me pareció un buen ejercicio para aprender a confiar en la mano, para liberarla. Que sus movimientos no fueran corregidos sobre la marcha por el ojo, sino que se dejara llevar por una parte más irracional. También me hizo pensar en algo que Espartaco me había dicho una vez: siempre se dibuja de memoria. No es posible mirar al mismo tiempo al objeto y a su representación en el papel. Miramos aquello que queremos dibujar, lo retenemos unas décimas de segundo y, a continuación, llevamos ese recuerdo al papel. Es un paso mínimo por la memoria, pero, *sensu stricto*, solo se puede decir que dibujamos lo que recordamos, no lo que vemos.

46

En junio de 2017, como aves migratorias, hicimos el viaje de regreso al sur, sin rastro ya del miedo con el que habíamos llegado a la casa el verano previo. Llevábamos ya cinco años allí, conscientes de que en algún momento la excavadora aparecería aunque, a medida que el tiempo pasaba y que seguíamos allí, el rugido de su motor nos parecía cada vez más irreal. Tanto, que en algún momento incluso pensamos que no llegaría. Que seguiríamos allí lo que duraran nuestras vidas y las vidas de nuestras hijas. Que el orden que rige el mundo había hecho una excepción olvidándose de nosotros como esos soldados perdidos en la espesura, convencidos de que la guerra no ha terminado.

Aquel fue el verano de la luz y de mi primera salida en burro con Bones. Visto desde la distancia, diría que fue el verano de nuestra plenitud allí.

Por un lado, después de cinco años, entre todos habíamos logrado que la casa fuera acogedora. Decadente, sí, pero acogedora. Por otra parte, nuestras relaciones con Manuel, Rafaela y Bones ya eran firmes y de plena confianza mutua. El hecho de pasar el año en Escocia, tan lejos y durante tantos meses, además, hacía que la visita estival fuera más estimulante de lo habitual. Regresar a un lugar querido en el que todo fluía con naturalidad, sin los pequeños inconvenientes cotidianos que interpone una lengua que no es la materna y una cultura que no es la propia. Y, al tiempo y precisamente por ello, regresar con una mirada sobre lo propio algo desplazada. Extrañeza y frescura.

Pero lo que de verdad contribuyó a esa sensación de plenitud fue que el miedo al derribo inminente del año anterior parecía ya superado. Al menos durante ese verano yo olvidé que la casa sería demolida y que no había nada que nosotros pudiéramos hacer para evitarlo. Me olvidé de que no era nuestra. Es más, me olvidé de la idea misma de propiedad y me entregué al lugar con la ligereza con la que se entrega uno a un bosque o a una playa. Aquel verano tuvo razón Anthony de Mello. La alegría plena solo se puede dar en ausencia total de miedo.

Fue el verano de la luz porque nuestras retinas ya se habían acostumbrado a la inclinación del sol del norte, a la cristalina sedosidad de las tardes del mayo escocés. Percibir de pronto la verticalidad del sol sureño, su fulgor excesivo, a veces hiriente, pero tan brillante y arrollador, tan joven. Era como si la luz de las Tierras Altas acariciara y la andaluza impulsara. La primera invitando a la contemplación y la segunda a la acción: sal, saluda, báñate, deja que tu piel se torne oscura, que refleje el tiempo que pasa.

La misma tarde de nuestra llegada, ya estábamos honrando esa luz del sur blanqueando las paredes. Queríamos darle un espejo digno a los rayos del sol para que la casa resplandeciera. Como aquella primera vez, hicimos delantales para las niñas y repartimos el trabajo. Marie y Berta se encargarían de las partes bajas de las paredes del patio, yo de las altas y Anaïs subiría a la terraza y pintaría por encima de la parra.

Como siempre, las niñas arrancaron con buen ánimo, dando brochazos aquí y allá, pero pronto se aburrieron y empezaron a preguntarse si las gallinas habrían puesto huevos. En cuanto me di la vuelta se habían marchado dejando las brochas metidas en la cal hasta el mango. Pensé que eran dignas sobrinas de su tío Juanlu. Nosotros seguimos trabajando mientras la tarde caía. Anaïs arriba y yo abajo. Cada uno concentrado en su tarea, los dos en silencio.

Recuerdo que estaba perfilando una ventana, con la cara muy cerca de la pared, cuando la casa me habló. No os apeguéis a mí, me susurró. Pensé que era Anaïs la que me hablaba desde arriba pero, cuando le pregunté, me dijo que ella no había dicho nada. Seguí a lo mío y la casa insistió. Medid bien vuestros esfuerzos. No sé si vale la pena lo que estáis haciendo. Hablaba como una madre sobreprotectora. Temía que dilapidáramos allí nuestra juventud y nuestras ilusiones, que sufriéramos.

Dejé el brochón en el cubo y me limpié el sudor de la cara. Anaïs llegó en ese momento de la terraza. Tenía los brazos llenos de gotas de pintura blanca. Se quitó los guantes y dijo algo. Charlamos durante unos segundos. Quizá dijo fibra de vidrio o fisura o pintura de caucho, pero yo no escuchaba lo que decía. Murmuré algo y ella desapareció en el interior de la casa.

Entonces me volví hacia el muro. ¿Qué debemos hacer?, pregunté en voz baja. ¿Dejamos de pintar? La casa guardó silencio. La situación me trajo malos recuerdos. De un proteccionismo corrosivo que ya había vivido antes, mucho antes. Alguien que dice quererte, que en verdad te quiere, intenta protegerte de un peligro que no existe salvo en su pensamiento. Quiere prevenirte, salvarte de un miedo que ni siquiera tenías, y que no es tuyo sino suyo. Envuelve entonces de amor su consejo: como te quiero, deseo lo mejor para ti, lo que incluye evitarte los peligros, aunque estos no existan en tu mente. Por el camino quien salta por los aires es la misma voluntad de vivir, que es la más grande de las virtudes.

47

Pasó aquella tarde de trabajo y el día siguiente también, y entramos en la tercera jornada, sábado, y la casa ya parecía otra, con reflejos azules, como irisaciones, que la pared devolvía, indiferente. Soplaba un poniente fresco que traía hasta el pueblo la humedad del mar. Había cubos por el suelo, mantas de pintor protegiendo las baldosas y las niñas solo aparecían a la hora de comer. A media mañana, cuando estábamos ya dando remates, llegó Bones acompañado por el herrador. Venían, como solía ser, porfiando. El herrador quejándose de que era fin de semana y de que no era día para llamarle y menos con tanta prisa. Y Bones, que él no había ido a su casa a ponerle una pistola en el pecho para que fuera, así lo dijo. Que se había limitado a llamarle por teléfono, a escuchar sus quejas y a acordar una hora para ese mismo día. El resto había sido cosa suya. E insinuó que quizá había acudido comido por el remordimiento porque a Pérez se le había caído una herradura que le había puesto tres semanas atrás. A lo mejor es que lo has metido por donde no debías, se defendió el herrador.

Si no los hubiera visto antes hablar en ese tono habría pensado que había mala sangre entre ellos. Pero aquella forma de hablar, tan teatral, era su lenguaje particular. El modo que habían encontrado, precisamente, para decirse las cosas a la cara.

Pasaron por delante de la casa y saludaron con la mano sin dejar de discutir. Como siempre que venía el herrador, dejé lo que estaba haciendo y fui tras ellos para verle trabajar. Me quedé apoyado en la valla viendo cómo Bones y el hombre trataban de echarle el lazo a Pérez en el corral grande. El poniente le había avisado de la presencia del herrador desde el momento en el que se había bajado del coche, sabiendo que si estaba allí era para molestarle de alguna manera.

En un momento en el que el herrador tuvo que regresar al coche a por unos clavos, Bones se acercó a la valla y arrancó la conversación, como solía, señalando algo obvio: Qué, ¿blanqueando? Afirmé con la cabeza. Se giró para contemplar el valle y así, de espaldas a mí, me contó que al día siguiente tenía pensado salir temprano para una travesía y me propuso unirme a él. Me sorprendió el ofrecimiento y también que me lo hiciera aprovechando que nos habíamos quedado solos, como si invitar a un *forastero* fuera algo deshonroso. Pero el herrador volvió y Bones siguió dándome detalles de la salida. Él pondría el vino y algo de embutido y yo me encargaría de llevar más comida y conseguir hielo y algunas cervezas. Saldríamos antes del amanecer.

Algo antes de las seis de la mañana le sentí llegar. Yo estaba dentro de la casa, calzándome, todavía cargando con el sueño de la noche. Salí al patio y nos saludamos en silencio. Me miró de arriba abajo y me dijo que me buscara unas botas y un pantalón más ajustado. Le dije que era verano y que no tenía botas allí. Tendría que montar con mis zapatillas deportivas de color amarillo fluorescente. Se pasó la mano por la nuca y resopló, como si aquel calzado fuera un motivo de imposibilidad. Tú verás, vino a decir con un gesto.

Empezaba a clarear por levante cuando todo estuvo listo. Los animales aparejados y la carga para el día bien estibada en las aguaderas y las alforjas. La única farola de la calle seguiría todavía un buen rato encendida y empezamos a sentir el despertar de los pájaros aquí y allá y quizá los animales pequeños también, arrastrándose de un lado para otro, comenzando otra jornada a vida o muerte.

Bones metió la bota en el estribo y montó sobre Pérez formando con él una estampa bien resuelta mientras que yo, con mis deportivas, tuve que acercar a la burra a un poyete para poder subirme con dificultad a su lomo. Bones me vio acomodarme sin decir palabra pensando quizá que había sido un error invitarme a aquella salida. Cuando por fin estuve listo, Bones hizo un gesto señalando la fusta que había quedado apoyada en la pared. Sin eso no vas a llegar muy lejos, me dijo. Así que volví a bajar y a subir y entonces Bones me dio un consejo: sería raro que pasara con Beleña, me dijo, pero si te tira, no sueltes nunca la rienda. Por lo menos así evitarás que te pase por encima si se asusta y sale corriendo. Luego le metió talones a Pérez y Beleña y yo le seguimos dócilmente.

Dejamos atrás el portillo y pusimos rumbo a la claridad de levante, que ya recortaba los montes y señalaba las peñas que los coronaban. Para llegar al pie del Lagarto tuvimos que avanzar por el fondo de una vaguada donde los lentiscos formaban islas que los animales rodearon hasta que las dejamos atrás y comenzamos a ascender por un cortafuegos que alguien había trazado con un tiralíneas. Una franja pelada que subía hasta el último farallón y luego descendía hacia el mar por la otra ladera.

A media altura encontramos los primeros alcornoques, cuya protección ya no abandonaríamos hasta el mediodía. El corcho que recubría los troncos acentuaba el silencio del bosque. El sol ya despuntaba en algún lugar más allá del palio arbóreo, alto y denso, y nosotros avanzábamos bajo él con el mismo sigilo que el resto de animales que, invisibles, nos rodeaban por todas partes. Solo se oían los cascos de Pérez y Beleña buscando apoyo por nosotros. Bones, sobre el caballo, abría la marcha, y yo iba detrás, sentado a horcajadas sobre los serones. La vereda por la que avanzábamos apenas se distinguía, así que eran los animales los que decidían por dónde tenían que ir. De hecho, aquella vereda tan sutil como un rastro oloroso era patrimonio suyo porque habían sido las vacas, las cabras, los mulos y los caballos los que habían trazado la red invisible de vías por las que moverse en el bosque y en los campos.

Descendimos por una cortada que desembocaba en un lanchar calizo. Beleña siempre pegada a las ancas de Pérez, como imantada a él. La bruma baja que encontramos en el bosque, al amanecer, comenzaba a disiparse. Tras esquivar algunas ramas quebradizas, atacadas por *la seca*, salimos a un pequeño claro en el que venía a morir un arroyo. Me llamó la atención un ejemplar monumental de alcornoque, de más de quince metros de altura. Lo rodeaban helechos, todavía frondosos, de un verde profundo y fragante. Un rincón jurásico. Avanzamos hasta que Bones mandó parar a Pérez y señaló para mí un lugar impreciso entre los helechos. ¿Qué?, le pregunté con un gesto de hombros. Bones tiró de la rienda por su izquierda y el caballo salió de la escueta vereda y dio unos pasos sobre el matorral bajo. Aquí, me dijo señalando al suelo, casi a las manos del caballo. Fue entonces cuando lo distinguí, oculto entre la maleza, un gran círculo de hormigón cubierto por líquenes y rastreras. El bosque hacía tiempo que había empezado a deglutirlo aunque todavía tendrían que pasar miles de años para que terminara con él.

También yo tiré del cabezal de Beleña y le metí talones para acercarme, pero el animal no respondió a mi orden. Bones me miraba sin decir palabra. Pensaba: el burro no obedece porque no sabe quién manda. Esta gente de ciudad es reacia a castigar la piel de las bestias. ¿Cómo quieres que te haga caso? ¿Le vas a susurrar al oído? Clávale los talones con ganas y métele un buen varazo atrás.

Yo leía la mente de Bones con tanta claridad como se lee un libro abierto. Sabía lo que pensaba porque muchas veces, ante situaciones similares, me había explicado su pedagogía. Bones siempre me obligaba a situarme con respecto a los animales, a establecer con ellos una relación jerárquica. Y yo lo entendía, porque había nacido y crecido en pueblos. Entendía que el sentido de los burros en nuestro corral se llamaba trabajo. Que no estaban ahí para pastar y para comerse el pienso por sacos. No eran mascotas. Estaban ahí para cargar el corcho de los alcornoques y llevarnos por las sierras. A cambio les poníamos cada día un alimento nutritivo, les construimos una cuadra para que se abrigaran del viento y de la lluvia, les echábamos paja seca para que pudieran descansar, les limpiábamos la cuadra. Ese era el equilibro que proponía Bones y que yo entendía pero que no manejaba porque su lenguaje no era el mío.

Aquel círculo de hormigón, me contó Bones, era una de las tres bases que, en los años sesenta, sustentaron sendas torres de sondeo petrolífero. Las habían construido los *americanos* que habían llegado hasta allí guiados por quién sabe qué promesa de riqueza. Yo imaginaba a esos *americanos* levantando cada piedra que había en el mundo en busca del crudo que luego nos venderían y pensé en el primer ingeniero de minas, el que iba de avanzada, visitando los pueblos muchos años antes de que la industria se asentara. Un profesional joven, recién graduado, sin familia. ¿A quién si no podría obligar la compañía a dejar Texas para viajar, como un misionero, al lejano Este, a la vieja Europa? Lo imaginaba solo, en alguna venta perdida en el valle, comiéndose a disgusto lo único que se ofrecía, un guiso de tagarninas, mientras pensaba en una hamburguesa. Esperando su relevo como uno de esos personajes de Kipling.

48

A partir de aquella salida empecé a interesarme más por Beleña. Si iba al corral grande en busca de alguna cosa, ya no pasaba de largo, sino que la citaba en la distancia para que se acercara. Entonces le arrimaba la palma a los ollares o le daba un puñado de pienso con la mano bien abierta, como me había enseñado Bones, o brotes de la parra. Me gustaba acariciarle el cuello y pasarle los dedos por las crines recias. Y ella se dejaba acariciar con la mirada cansada. Viajar durante tantas horas sobre su lomo, dejándome llevar por ella, había sido una experiencia desconocida para mí.

Pronto empecé a ser yo el que le ponía el pienso al atardecer. La llevaba al corral pequeño y vertía su ración sobre un viejo barreño de zinc. Pérez tenía que quedarse en el corral grande porque, de lo contrario, se comía el pienso de la burra. Cuando estaban en el mismo cercado, se imponía a ella con determinación. Llegaba, metía el hocico en el barreño y apartaba con su cabeza la cabeza de la burra. Si esta intentaba regresar al pienso, su pienso, Pérez levantaba la cabeza y la sacudía con brío. Su gestualidad espantaba a la burra, que se quedaba a unos pasos, mirando el balde, quizá esperando a que el caballo se dejara algunos granos en el fondo, algo que nunca sucedía.

Me gustaba acercarme a la valla del corral y quedarme allí, mirándola. Ella quieta y yo también. Algunas veces me acercaba con mi cuaderno y trataba de dibujarla en un boceto rápido. Si se quedaba bien quieta, intentaba centrarme en algún detalle, una oreja o uno de sus ojos oscuros y profundos. Intentaba representar el brillo triste con el que miraba, con el que quizá ya anunciaba su muerte.

Por otra parte, su cercanía me llevaba, como tantas cosas en la casa, a la infancia. Al recuerdo primitivo de un tío mío, espartero, que en algún momento me subió a lomos de su burro y me llevó a ver las colmenas que tenía en una pequeña parcela con almendros y muretes de piedra en Feria, Badajoz.

Me recordaba también a otra burra que nunca vi, pero que forma parte del relato fundacional de mi familia. Era el animal con el que el tío Paulino iba cada madrugada desde Feria hasta Zafra para cargar, envueltas en paja, grandes barras de hielo. De regreso al pueblo, picarían ese hielo, lo distribuirían alrededor de una heladera y mi madre y sus tres hermanos se pasarían muchas horas seguidas girando una manivela hasta cuajar la leche. Luego, después de comer, venderían los helados casa por casa en los tórridos veranos al sur de la tierra de Barros.

Aquella nueva relación con Beleña, el gran animal de la casa, me hizo más sensible a algunos de los otros animales con los que convivíamos allí. Empecé a observar a Chocolate y me di cuenta de que solía tener siempre una expresión en su cara que mezclaba tranquilidad y alerta. Yo lo dibujaba cuando venía al patio a refrescarse o a protegerse del viento. Se echaba al suelo, apoyaba la mandíbula contra las losas y desde ahí abajo miraba lo que sucedía a su alrededor con solo elevar los ojos.

A veces Manola aparecía y se tumbaba junto a Chocolate y otras le incitaba para que salieran juntos. Era raro oírlos ladrar. Parecían dos viejos amigos.

También reparé en los pequeños animales, como las avispas, que venían a comerse las uvas de la parra, o las abejas, que libaban el néctar de las pequeñas flores del romero que crecía en el patio. Saltamontes que roían las hojas del rosal de Manuel y Rafaela, tábanos en la piel de Beleña y garrapatas también. Cucarachas y mosquitos en las noches calurosas de verano.

Pero lo que verdaderamente capturaba mi atención eran las hormigas. Me recuerdo en el patio, mirando el suelo quebrado. Por entre las losetas desiguales brotaban tallos de grama y hormigas que salían al mundo por los pequeños conos de sus volcanes. Iban y venían sin descanso y siempre se las arreglaban para encontrar cualquier alimento olvidado y llevárselo a sus escondrijos.

La mayor parte de nuestro tiempo en la casa se podría contar, también, como la crónica de una guerra permanente contra las hormigas. Porque siempre llegaba un momento en el que cruzaban el límite. Si una noche olvidábamos un simple trozo de pan sobre la encimera de la cocina, a la mañana siguiente, de manera invariable, había una invasión. Formaban sus filas para ir llevándose las migas con su disciplina maquinal. Nosotros contraatacábamos remontando esas filas hasta el lugar de la pared en donde habían conseguido hacer su pequeño agujero. Ahí aplicábamos un veneno en polvo que Juanlu había comprado tiempo atrás. Las hormigas lo pisaban y el polvo blanco, que se adhería a sus patas, entraba con ellas en el hormiguero, donde contaminaba a las demás. Quien formuló ese veneno tuvo en cuenta la previsibilidad de la naturaleza para poder volverla contra sí misma.

Pero la naturaleza es tenaz y, al poco tiempo, las hormigas abrían un nuevo frente en algún otro lugar y volvían a la carga. Eran una fuerza de la naturaleza, tan constante como la gravedad o la velocidad de la luz. El día que asumimos que nunca ganaríamos, optamos por guardar los alimentos en tarros de cristal con tapaderas de rosca. Y meter el pan en una bolsa de plástico y colgarla del pomo de la puerta de un armario.

En cualquier caso, que las hormigas se llevaran el pan por migas o un resto de fruta era admisible. Lo que nos pareció intolerable fue el día en el que descubrieron una pata de jamón que habíamos dejado sobre la encimera de la cocina. Cuando llegamos de la calle, las vimos ahí, se diría que divirtiéndose, sobre el corte plano que Juanlu se había esforzado en seguir la noche anterior.

Y como el daño era severo, la solución fue extravagante. Una noche, al regresar de un paseo por el Lagarto, nos encontramos el conjunto formado por jamón, tabla de corte y trapo colgando del techo. De un desgarro el trapo pendía medio metro de un delgado hilo blanco que se mecía con el aire. A la mañana siguiente Juanlu nos contaría que, de esa forma, se reducían al máximo las posibilidades de que las hormigas encontraran el jamón. Aquello parecía una lámpara bizarra que, incluso en un lugar como aquel, resultaba llamativa.

La casa era una realidad dislocada donde muchos elementos dispares se encontraban por primera vez. Un techo y un jamón; un muro de contención y un somier de lamas de madera; unas gallinas y unas niñas de ciudad; una cafetera italiana y media herradura de Pérez. Esa combinación de elementos disímiles parecía salida de la mente de Gianni Rodari, un autor italiano cuya obra conocí cuando yo empezaba a escribir.

El libro que cayó en mis manos en aquellos años fue su *Gramática de la fantasía*. En el prólogo de ese libro, Rodari citaba a Novalis. Allí contaba que, leyendo sus *Fragmentos*, había encontrado lo siguiente: «Si dispusiéramos de una Fantástica, como disponemos de una Lógica, se habría descubierto el arte de inventar». El empleo de la mayúscula inicial otorgaba a estos dos términos la categoría de disciplina. La Lógica, como se sabe, es la rama de la filosofía que se encarga de estudiar los principios que rigen el conocimiento. La Fantástica, en cambio, estaba todavía por desarrollar, apuntaba Rodari. Y él, como primer paso, escribió esa *Gramática de la fantasía*, donde proponía una serie de juegos y ejercicios destinados a activar el pensamiento creativo del mismo modo que los miembros del Obrador de Literatura Potencial, OuLiPo, proponen constricciones a partir de las cuales generar literatura.

Muchos de los juegos y ejercicios de Rodari siguen nutriendo los talleres de escritura de medio mundo. Uno de esos ejercicios, quizá el más conocido, es el que Rodari llamó «el binomio fantástico». En él, se elige una palabra al azar, preferentemente un sustantivo concreto, digamos, «techo». A partir de esa primera elección, se busca un término cuyo significado se distancie lo máximo posible del primero. Un binomio formado por «techo y pared» o «techo y lámpara» no serían buenos activadores de la fantasía. Casi se diría que el antónimo de techo es jamón. Bien, pues techo y jamón. Y, por último, se conectan esos dos sustantivos por medio de una preposición cualquiera. Techo por jamón. Techo contra jamón. Techo bajo jamón. Techo tras jamón. Techo con jamón. Techo hacia jamón. También se pueden invertir los términos: *Jamón hacia techo.*

A finales de agosto el pueblo celebra sus fiestas. En la pequeña plaza solo cabe un tiovivo, una barra de bar y dos o tres puestos con altramuces, coco fresco, almendras garrapiñadas, globos. Una orquestina toca música italiana y pasodobles. Las parejas bailan bajo las ristras de bombillas y las estrellas. La brisa, ligera y tibia, dispersa por la plaza el olor de las almendras tostadas con azúcar. Un padre, con su hijo de la mano, se abre paso entre los que bailan hasta llegar a uno de los tenderetes. El padre comienza a charlar con el feriante mientras el niño recorre con la mirada lo expuesto. Podrá llevarse una sola cosa. Esa es la condición que han pactado antes de salir de casa. Duda entre los peluches y los globos de helio. Los deseos del niño también se abren paso y codean: el oso parece suave, me ayudará a dormir en las noches de invierno, siente. Pero los globos vuelan. Su ligereza es misteriosa; su naturaleza, indómita.

La orquestina ataca uno de esos temas dicharacheros de Fred Buscaglione. El misterio termina ganando la batalla. El oso se hunde en la oscuridad y los globos se iluminan en el altar de los deseos infantiles. El padre acepta del feriante un cigarrillo sin filtro y se gira hacia la verbena. Le gusta ver bailar a las mujeres. Sus caderas le embelesan, la curvatura de la espalda bajo los vestidos entallados.

No habrá más regalos hasta Navidad, así que el niño se toma su tiempo. Con el pequeño mentón apuntando hacia arriba, contempla el grupo de globos. Todos los hilos de algodón que los retienen confluyen en un solo punto que el feriante ha atado a una argolla soldada al mostrador. Forman un conjunto variopinto y brillante. El niño descarta el que parece un corazón. También la cabeza del oso porque le recordaría constantemente a su renuncia. El dálmata tiene una forma ridícula. La estrella no, el gato no, el unicornio no. Y de repente lo ve, flotando con los demás. Como ellos, atado a la argolla con su hilito blanco. El niño señala su elección con el dedo, se miran y se sonríen. De regreso a casa el globo con forma de jamón tira hacia arriba de la muñeca del niño.

49

La idea que sustenta el binomio fantástico es la de la dislocación de la realidad. Es decir, la alteración intencionada de la gramática con que la realidad se nos presenta. Esa gramática, basada en la lógica, dice, por ejemplo, que las lámparas cuelgan de los techos porque, de ese modo, iluminan sin deslumbrar, ya que la fuente de luz está por encima de la cabeza. Si la bombilla queda a la altura de los ojos, una lámpara de pie, o más abajo, una lámpara de mesa, estas deberán llevar una pantalla que atenúe el brillo.

La casa, desde el principio, fue para nosotros una dislocación de la realidad. En ella se alteraba la lógica que solía regir nuestros días fuera de allí. Hacíamos cosas que no hacíamos en ningún otro lugar, como colgar jamones del techo. Particularmente yo, exploraba cada ocasión que se me presentaba para hacer aquello que no podía hacer en otras partes. Me gustaba estar descalzo, recolectar hierbas con las que cocinar, montar en burro.

De todas estas actividades, soldar era para mí la más fascinante e infrecuente. Porque soldar es peligroso y sucio. La casa puede arder, la piel se puede quemar, las retinas, también. El hierro sale del almacén lleno de grasa y de la *chatarrerie*, cubierto de óxido. Hay que amolar las soldaduras, hay que lijar y levantar polvo. Por eso me sentía tan cómodo allí, porque podía alterar la lógica de mis jornadas sin alterar la lógica de los demás.

Con esa premisa, encontré un día la ocasión perfecta para dislocar la realidad, hacer algo poético, satisfacer una necesidad que nadie tenía, aligerar la *chatarrerie* y, sobre todo, soldar.

Una mañana de verano decidí construir una escalera de hierro para reemplazar el somier con el que las niñas llegaban al gallinero. Después de tres días de trabajo, suciedad y sudor y muchísimos más electrodos de los necesarios, logré una mole de cien kilos de metal atornillada al muro de contención con unos tirafondos largos como estoques. Era tan grande y pesada, tan sobredimensionada, que ni el levante más huracanado hubiera podido con ella.

La celebración por la nueva escalera, como ya sucedió con la reja, duró poco. Las niñas, que nunca se quejaron del frágil somier, no percibieron la escalera como una gran mejora. Quizá, al contrario, porque ahora ya no tenían que escalar ni sentir el peligro para llegar a las gallinas. Mayoyi, que pasaba unos días con nosotros, se agarró al pasamanos, pero no se atrevió a subir porque había demasiada distancia entre los escalones. Hacía tiempo ya que caminaba con un bastón que Anaïs le había comprado. Era ligero y colorido. En él se apoyaba para intentar levantar aquella pierna que había empezado a arrastrar ligeramente en Edimburgo.

Mayoyi invitó a Anaïs a subir y a bajar y yo le pedí que saltara sobre los peldaños para que comprobara la solidez. Lo hizo, me felicitó y después nos fuimos a comer, Anaïs llevando a su madre cogida de un brazo para que sorteara las trampas y los obstáculos del corral pequeño. El día era cálido y la brisa mecía la ropa blanca tendida frente a la casa. Las camisetas parecían banderas celebrando la paz. Comimos en el patio viéndolas ondear y, al terminar, yo ya me había olvidado de la escalera porque, una vez concluida, salvo para subir al gallinero, ya no me servía para nada.

50

Al acabar la escalera sentí un vacío. Había dejado lo mejor de mí en aquella mole y, por una vez, no me apetecía seguir trabajando bajo el árbol de los pájaros. Las tardes eran largas y ventosas y no se podía ir a la playa. Así que pasábamos los días en la casa, leyendo, limpiando, cocinando, persiguiendo a las hormigas. Las niñas dibujaban, iban a por huevos, pelaban patatas, jugábamos a las cartas y se aburrían. Por eso una de las tardes en las que Bones apareció por la casa le pedí que me enseñara a aparejar a Beleña. De ese modo no tendría que depender de él para ir con Berta y Marie al Lagarto o a la sierra y ocupar una parte del día.

Yo había observado muchas veces a Bones mientras preparaba la burra para salir de ruta. Todas las capas que montaba sobre el animal hasta que, por fin, uno podía acomodarse sobre su lomo. No era sencillo lo que hacía Bones. Desde luego no para mí. Verle aparejar a la burra me recordaba siempre a Manuel, el cabrero que me mostró esa técnica cuando me encontraba documentando mi primera novela. Por entonces Manuel era ya mayor y no tenía animal pero aún conservaba los arreos que había utilizado durante toda su vida. En una nave agrícola representó para mí el proceso que luego, en la novela, ejecuta el cabrero protagonista. Como no tenía burro, utilizó un caballete de madera sobre el que fue echando los diferentes elementos, todos pensados para poder cargar al animal con seguridad, evitando que la columna vertebral soportara directamente el peso.

Bones me enseñó a realizar ese trabajo con esmero, indicándome cada paso y cada pieza, que eran muchas. Albardón, ropón, hato, mandil, cincha, ataharre. Lo que no pudo enseñarme fue su conocimiento implícito, los pequeños detalles y ajustes que aunaban firmeza para la carga y comodidad para el animal.

Esa tarde me tomé mi tiempo para preparar yo a Beleña. La amarré al árbol de los pájaros y fui llevando hasta allí todas las piezas del aparejo. Siguiendo con cuidado las instrucciones que Bones me había dado, fui montando las diferentes capas hasta que, cuando estuvo todo listo, subí a Marie a lo alto de la burra. Desaté el cabo del árbol y saqué a Beleña del corral con la idea de dar un paseo por los alrededores de la casa. Pero cuando llevaba caminados diez metros, la pequeña empezó a llorar a mi espalda. Me volví y la vi agarrándose desesperadamente al albardón, que se escurría hacia un lado de la panza de lo mal fijado que estaba. Parecía un piloto de motociclismo atacando una curva cerrada.

La segunda vez que lo intenté, al día siguiente, fue un nuevo fracaso. Y la tercera vez también. Pero unos meses más tarde, cuando yo ya había desistido, Bones se presentó en la casa con una silla de montar que había comprado para que su hijo cabalgara sobre Pérez. Era una silla en la que todos los elementos estaban integrados en una sola pieza. No era necesario ni albardón ni todo lo que venía después. Tan solo pasar la baticola por el rabo y fijar la silla a la panza con una gran correa de cuero que pasaba por una hebilla.

A partir de aquel día un tiempo nuevo se abrió para nosotros, particularmente para las niñas. Teníamos una burra en el corral de la casa, teníamos una silla de montar y una cabezada y, por primera vez, yo era capaz de unir todos esos elementos. Así que tomamos la costumbre de salir cada tarde a explorar los alrededores. Marie y Berta subidas a Beleña y Anaïs y yo, caminando. A las niñas les gustaba ir al Lagarto porque, aunque no estaba muy lejos, el camino tenía algo de aventura. Había que vadear un arroyo, meterse por alguna cortada y avanzar entre lentiscos, espinos y acebuches.

Luego, al pie del Lagarto, había que ascender por una ladera pelada, de aspecto volcánico, a mitad de la cual había un enorme monolito en el que solíamos parar para que las niñas escalaran. En lo alto de la ladera, empezaba un breve bosque de pinos que, casi inadvertidamente, iba mutando en alcornocal. Allí había restos de cabañas hechas por los niños del pueblo y nidos de pájaros y huesos de vacas y ovejas muertas que habían sido devoradas por los buitres y arañas grandes y coloridas que tejían telas como redes de pesca. Si avanzábamos un poco más, llegábamos a la ladera norte del promontorio, donde nos gustaba explorar los restos de una vieja casa de piedra de la que solo quedaba en pie un metro de muro y toda la torre de la chimenea.

En nuestros paseos yo seguía insistiendo en que los alcornoques pertenecían a la familia de los *Quercus*. Igual que los robles, repetían las dos a coro. Y que la corteza del torvisco, me había dicho una vez un hombre en los Montes de Toledo, se utilizaba antiguamente para capar a los cerdos. *Daphne gnidium*, les dije que era el nombre latino. Berta me preguntó si todas las plantas tenían nombres raros y yo les dije que sí y, a partir de aquel día, empezamos a buscar los nombres latinos de las plantas en una vieja guía de flora ibérica que yo tenía desde joven y cuyo precio todavía aparecía en pesetas.

51

Hacia el principio del otoño vino un albañil a la casa a instalar una estufa de leña más grande que iría encastrada en la parte interior del muro fachada. Le ayudamos a presentar la estufa en el lugar en el que iba a estar. Tras ella, sobre el muro, el albañil trazó un perímetro para marcar el material a retirar, para lo cual el hombre necesitaba una maceta y un cincel. En la casa teníamos ambas herramientas, pero él había traído las suyas. Su maceta era, aparentemente, idéntica a la nuestra: ambas de la marca Bellota, ambas con el mango de madera de haya. El cincel que traía, sin embargo, le pareció demasiado corto para la tarea. Le ofrecí uno de los nuestros, de unos veinticinco centímetros de largo, casi nuevo, pero rehusó el ofrecimiento. Dijo que prefería trabajar con uno de los suyos y que iba un momento a su casa para recogerlo.

El albañil volvió a los quince minutos con un cincel de, diría, unos veinticinco centímetros de largo. Mientras él empezaba a picar, yo me entretuve observando nuestro cincel, idéntico al suyo. Era una herramienta todavía más sencilla que la maceta. Ni siquiera estaba compuesta de dos materiales. Un cincel no es más que una barra de acero de sección rectangular con uno de los extremos afilado. Los hay más cortos y más largos, gruesos y delgados, con más o menos filo, con dientes o sin ellos, pero siempre es, sin más, una pieza de acero. Con ese mismo utensilio el albañil vaciaba nuestra pared y Bernini esculpió *El rapto de Proserpina*. Tardé años en comprender por qué el albañil prefirió su cincel al nuestro.

Me sucedió cuando, mucho tiempo después, acudí a casa de unos amigos para ayudarles a instalar un ventilador en el techo. Aunque sabía que apenas necesitaría unos alicates y un destornillador y que ellos disponían de ambas herramientas, antes de salir de casa metí en una bolsa de tela mis alicates y dos destornilladores que llevaban conmigo mucho tiempo. Con esos dos destornilladores había apretado y aflojado muchos tornillos, había empalmado con fichas muchos cables. Eran, como el cincel, herramientas sumamente sencillas. De hecho, se parecían mucho. Igual que el primero, el destornillador de pala no es más que una varilla de metal con un extremo aplanado y, eso sí, un mango de agarre grueso que hace posible la rotación de la varilla. Y a pesar de una sencillez tan replicable, como el albañil, yo prefería mis herramientas porque después de trabajar durante muchas horas con ellas mi cuerpo había aprehendido sus sutilezas. El grosor del mango que se ajustaba bien al tamaño de mi carpo y de mis dedos. La rugosidad justa que me permitía aplicar las fuerzas de presión y giro con los músculos del antebrazo. La tensión del acero que ya conocía. Cuando el par de apriete era muy alto podía notar la ligera deformación del metal que se torsionaba. Sabía hasta dónde podía llegar porque me había acercado a los límites de esas herramientas en muchas ocasiones.

Uno elige trabajar con sus propias herramientas cuando, sin haberlo advertido, esos objetos han sido asimilados por el cuerpo. El cincel del albañil era un endurecimiento afilado de su propio puño. El de Bernini, una extensión metálica de las yemas de sus dedos. Cuando lo golpea en su taller no solamente modela con precisión el mármol toscano de Carrara, homogéneo, lácteo. También, a través del metal, sondea y calibra las resistencias de la piedra. Bernini golpea el cincel por su parte trasera para que el filo extraiga porciones del mineral. La vibración que percibe en el metal es la que le permite entender la textura del mármol, la que le aporta la información que necesita para asomarse al límite sin sobrepasarlo. Sin esa vibración del metal que sus manos reciben y su cerebro procesa, no sería capaz de hacer que los dedos de Plutón se hundan en la carne de Proserpina. Sin una incorporación profunda del cincel a su propio cuerpo, podría fracturar la piedra y malograr el prodigio.

Ni Bernini ni el albañil han comprendido las posibilidades de los materiales con los que trabajan, piedra y metal, estudiando sus propiedades físicas. De hecho, no han necesitado aprender sino comprender. Igual que Pessoa cuando escribe «sentir es comprender, pensar es errar». Se comprende escuchando al otro que cuenta lo que le sucede. Escuchando la respuesta de los materiales cuando se interactúa con ellos. Bernini le pregunta al mármol: ¿hasta dónde me permitirás llegar? ¿Qué me dejarás hacer? Y la piedra le dirige un gesto amplio. Miguel Ángel ha hecho llorar a una madre a cuyo hijo han desclavado de la cruz.

Mientras trabajaba, nuestro albañil también hablaba: con la obra, con los materiales y con las herramientas. Venga, murmuraba antes de un golpe en la pared que tenía que ser certero. Venga, vamos, se animaba a sí mismo. En algún momento, cuando el golpe se le desviaba o cuando la mezcla del enlucido que pretendía usar no se adhería al muro, protestaba en voz alta. No, así no, decía. Eso no vale, insistía con un aire de niño desilusionado. Se giraba hacia donde yo estaba preparando más cemento. La pared no quiere, decía. Demasiada humedad.

Los monólogos del albañil denotaban un ensimismamiento que reconocía bien porque cuando yo necesitaba desarrollar una tarea de manera minuciosa y ordenada, también hablaba en voz alta. Me dirigía instrucciones como si, oyéndolas, me fuese más sencillo desarrollar la tarea. De hecho, eso es lo que sucedía. Esa retahíla que describía un procedimiento paso a paso cumplía la misma función que la escritura: extraer algo del oscuro desorden interior y ordenarlo a la luz exterior. Poner delante de uno lo que estaba dentro porque para ver siempre es preciso situarse a cierta distancia. Cuando murmuraba para mí la lista de pasos que componían la tarea, podía comprender el trabajo y llevarlo a término.

52

Rafaela murió en la Navidad de 2018. Nos lo contó Juanlu por teléfono mientras esperábamos en el aeropuerto de Edimburgo a embarcar en nuestro vuelo a España para pasar las fiestas en familia. No tuvimos tiempo de llegar a su entierro pero sí a la misa que se celebró en su memoria una semana después en la pequeña iglesia del pueblo. Tras la liturgia nos acercamos a saludar a Manuel y a sus hijos. A pesar de lo mucho que nos habíamos tratado, apenas nos conocíamos. Nos tomamos de los brazos y yo pude ver sus ojos brillantes y temblorosos.

Al día siguiente, por la tarde, los cuatro le hicimos una visita breve. Pasamos hasta el fondo de la casa, donde tenía encendida la chimenea. Nunca habíamos entrado hasta esa parte de su vida. El salón era sencillo, con sillas alrededor del fuego. La leña crepitaba mientras ardía. Nos sentamos sin saber qué decir. Yo no me atrevía a pronunciar ninguna de esas frases formularias que se dicen en los velatorios. Me parecía que ya nos habíamos dicho todo lo que nos podíamos decir con la mirada del día anterior, en la iglesia. Fue Anaïs la que dijo que le acompañábamos en el sentimiento, lo que hizo que Manuel se quebrara por un instante. Luego sacó de una bolsa una ensaladilla que había preparado para él y un poco de carne asada que dejó sobre la mesa. En adelante, cuando cocináramos, prepararíamos siempre una ración extra para Manuel.

Con Rafaela se fue, además de una vida, su conocimiento de sí misma y del mundo. Esa idea de pérdida me obsesionaba desde que murió mi padre. Yo ni siquiera estaba en España cuando eso sucedió. Desde entonces, estaba condenado a convivir con las preguntas que nunca le hice y para las cuales solo él tenía respuestas. Es importante, me dije entonces, identificar cuanto antes esas preguntas cruciales y a las personas que pueden contestarlas.

Los portadores de esas respuestas esenciales suelen estar unidos a nosotros por lazos de sangre o de amistad profunda, aunque, eventualmente, un desconocido también puede iluminar nuestro camino de manera inesperada. En el caso de Rafaela, casi todas las preguntas que le hice en vida tenían que ver con la casa, su entorno y las costumbres del pueblo. También le pregunté en algunas ocasiones por su infancia con la esperanza, ahora lo sé, de que esa información me ayudara a integrar todo el saber que procedía de ella. Me interesaba, sobre todo, su conocimiento tácito del mundo. Su calibración de la fuerza de los vientos a través de la vibración de un canalón de zinc. Su capacidad para sosegar a un hijo con la imposición de una de sus manos en el lugar preciso de la espalda del pequeño. Me obsesiona la pérdida de lo que no se sabe cómo se aprende. Es esa suma de aprendizajes sutiles y, hasta cierto punto, de utilidad reducida lo que nos hace únicos.

53

En verano Juanlu llevó a Mayoyi a la casa. Vimos llegar el coche por el fondo de la calle y salimos a recibirlos. Cuando Juanlu abrió el portón trasero, Chocolate salió de un salto y olisqueó los alrededores hasta que llegaron Berta y Marie para jugar con él. Mayoyi sonreía forzadamente, en el asiento del copiloto. Nos saludamos y, mientras Anaïs la ayudaba a salir del coche, Juanlu y yo descargamos sus cosas. Me llamó la atención la nueva silla de ruedas, ligera y estrecha, que Juanlu había comprado para que Mayoyi pudiera moverse con facilidad por su piso de Sevilla. El cuidado está en todas partes, pensé, también en la aleación de una silla de ruedas y en su diseño e ingeniería.

Con una sobrecogedora precisión, Mayoyi iba pasando por todas las fases que los médicos habían descrito cuando fue diagnosticada. Una especie de mapa con puntos de paso. De aquel primer bastón colorido que Anaïs le había comprado, pasó a un andador y luego a una silla motorizada de color rojo brillante, parecida a un escúter, con la que por entonces se movía por la casa y daba paseos por su barrio.

Hay un vídeo del día en el que subió por primera vez a esa silla. Quien graba es Anaïs, que, mientras avanzan por la acera, le va preguntando por su nuevo vehículo, como si fuera una periodista de un programa de televisión. Mayoyi ríe como una niña, conduciendo una silla nueva que parece un juguete. Bromea y manda mensajes a sus amigas viudas, que están fuera de la ciudad, haciendo un viaje en el que ella también debería estar. Por el tono en el que habla y el modo en el que sonríe, se diría que se ha quedado en Sevilla porque tiene gestiones que hacer, pero que ya irá al siguiente viaje.

El escúter rojo da paso a una silla de ruedas de anchura convencional y luego a la que Juanlu y yo descargamos ese día de verano frente a la casa. Como si el metal del que está hecha la silla fuera un espejo que reflejara el estado de ánimo de Mayoyi, ya no venía pintado en un color alegre, sino en un gris sobrio.

Desde principios de año ya le costaba trabajo leer, así que tomamos la costumbre de sentarnos junto a ella, a última hora de la mañana y al atardecer, y leerle por turnos. Le gustaban mucho las novelas de María Dueñas desde que en 2010 leyera *El tiempo entre costuras*. En la que nos ocupaba ese verano había intriga, amor y espías en el Jerusalén del protectorado británico. Ella escuchaba, a veces con los ojos cerrados, como quien saborea un vino. Y sabíamos que de verdad viajaba con su imaginación y que, por un rato, se olvidaba de su cuerpo menguante. Aquellos días también le leímos *Historia de una maestra*, de Josefina Aldecoa. Ella, por edad, no había conocido el mundo que narraba la novela, pero sí que había tenido noticia de esa época por sus padres.

Me gustaba escuchar la voz de Anaïs leyendo al otro lado de la cortina mientras yo preparaba la comida. También verla sentada junto a su madre, con el libro en una mano y la otra sobre la de Mayoyi, leyendo en voz alta. Las niñas, que entraban y salían, iban cazando al vuelo fragmentos de las novelas y luego preguntaban distraídamente por Gabriela, la maestra, o por Sira, la espía. Había en la escena algo terrible y también verdaderamente hermoso. Algo que, quizá, solo podía suceder en aquella casa que para entonces ya era un hogar verdadero: tres generaciones de mujeres encabalgando sus vidas. Entretejiéndolas, a su vez, con aquellas otras dos mujeres de ficción.

Por las noches, en el dormitorio Lincoln, Anaïs y yo hablábamos de ella y de su estado de salud. De la creciente dependencia, de sus dedos cada vez más rígidos, de los siguientes puntos en el mapa por los que sabíamos que habría de pasar. Anaïs opinaba que, aunque fuera difícil o incómodo, era importante hacer cosas con ella que retardaran su creciente postración, como ir a la playa o salir a comer fuera. Que, dada su enfermedad, cada día sería un poco peor que el anterior y que había que aprovecharlos todos.

Entender ese hecho fue decisivo porque tener la absoluta certeza de que el futuro se iría ocluyendo nos hizo querer vivir cada día con verdadera plenitud. Nunca como entonces comprendimos tan hondamente el valor de lo presente, de lo que está aquí y ahora. De lo que nos produce dolor y de lo que nos produce placer. Del cuerpo y su capacidad para moverse.

A Mayoyi todavía le gustaba escuchar la voz de quien le leía, le gustaba hacer sus ejercicios con la ayuda de Anaïs, que trataba de estirar unas piernas que tendían a una flexión cada vez más rígida y cerrada. Por supuesto, seguía gustándole que su hija masajeara sus piernas aplicándole crema hidratante. Sus dedos recorrían la piel fina, subían y bajaban cadenciosos, haciendo que Mayoyi cerrara los ojos. Le gustaba que las niñas le enseñaran las moras que habían recolectado en las zarzas y los huevos de las gallinas, pero lo que más le gustaba, a pesar de que nunca había sido algo muy importante para ella, era comer. Mientras lo hacía, como cuando le leíamos, también cerraba los ojos y paladeaba.

Un día, mientras Anaïs le leía en el patio antes de comer, les preparé un aperitivo. Un poco de queso, unos picos y dos botellines de cerveza helados. Lo acerqué todo a la mesa y, antes de abrirle su cerveza, le pregunté a Mayoyi si quería. La respuesta que dio espontáneamente resuena desde entonces en nosotros como un aforismo radical. La frase más hermosa que he escuchado nunca. Cuatro palabras que no solo describían su estado de ánimo en ese momento, sino que capturaban una forma completa de entender la vida.

—Mayoyi, ¿quieres una cerveza? —le pregunté.

—No, pero un poquito.

54

A mediados de marzo del año 2020 sucedió lo impensable: un planeta entero metido en casa. Realidad dislocada. Quien ni siquiera tuvo una ventana a la calle sintió asfixia. Quien pudo hizo pan y quizá hundió sus dedos en una masa por primera vez en su vida. Hay quien acarició con una nueva intensidad la piel de su pareja, de sus padres, de sus hijos. También lo contrario. Contábamos los muertos por miles. Hubo quien corrió kilómetros por un pasillo. Nos aburrimos. Tuvimos tiempo de explorar el espacio próximo. Nunca tantas personas al mismo tiempo habían sido tan conscientes de la casa que habitaban. Todo nuestro mundo estaba al alcance de la mano.

Cada cierto tiempo, Anaïs se echaba a la calle para llevarle comida a Mayoyi. Desde las ventanas había personas que la increpaban y hasta la insultaban por estar fuera. Fue un tiempo difícil y un lodazal en el que los mezquinos pudieron hozar a sus anchas.

Durante el encierro leí muchos libros y también pensé mucho en el que yo tenía en mente. Lo hice de una manera detenida, como era la vida en ese momento. Y también apliqué una nueva perspectiva sobre el libro, sin duda influido por el extrañamiento que producía el contexto. Y así, entre las cuatro paredes de nuestra casa, me di cuenta de algo que no había considerado hasta ese momento. En mis reflexiones sobre las manos y el trabajo, solo aparecían manos libres. Personas que, como yo, podían elegir en qué emplearlas y cómo emplearlas. Era un elogio del juego, del recreo, de los aprendizajes sutiles, del placer, del verano, del aire libre, de la naturaleza, de la humanidad, del amor por mi familia y nuestros amigos.

Las noticias, entre tanto, me hablaban de funerales casi clandestinos, con dos o tres allegados y a distancia. Hablaban de despedidas telefónicas, sin la sencilla posibilidad de recibir la caricia de una persona amada. Hablaban de profesionales a los que no habíamos prestado la suficiente atención, educadores, repartidores, dependientes, sanitarios que se estaban viendo obligados a trabajar en malísimas condiciones. Habían sido puestos en primera línea y allí nos defendieron a todos con entereza y sacrificio.

Por eso, durante aquellos días escribí esto en mi cuaderno:

En lo que a mi experiencia se refiere, este elogio es un elogio de las manos liberadas. Emancipadas de la ancestral condena del trabajo y de la necesidad. Manos creativas y también recreativas. Para el minero que se rajó las uñas arrancándole a la montaña su carbón; para la lavandera de piel agrietada, comida por los sabañones; para la tejedora; para el cabrero; para la hija-madre-abuela que abandonó su tierra para limpiar con una esponja la piel transparente de unos viejos lejanos, piel lechosa; para el niño soldado; para el que rebusca en la basura; para el aceitunero que no pudo siquiera ser altivo; para los parias; para el que tuvo que reunir sus propias tripas en la trinchera de una guerra que no era suya. Las manos, una condena.

55

A principios de junio de 2020 pudimos por fin salir de nuestra provincia y el primer lugar al que viajamos fue a la casa del pueblo. Después de los meses de encierro, el simple hecho de respirar al aire libre era el mayor de los regalos. Conduje maravillado por la contemplación del paisaje que atravesábamos. Más verde de lo que yo esperaba porque mayo había traído algunas lluvias.

Y lo que encontramos al llegar nos resultó sorprendente: frente a la casa, todo lo que podía brotar había brotado; manzanillas que nos tapaban las piernas, cardos silvestres y grama. Y una enredadera que empezaba a subir por los postes del tendedero. Eso fue todo lo que fui capaz de identificar. Estábamos sitiados por las hierbas silvestres, lo que le daba a la calle y a la casa un aspecto de largo abandono. La naturaleza, que siempre se hermana con el tiempo, había encontrado brechas por las que abrirse paso para prosperar como nunca antes habíamos visto allí. Veníamos de un tiempo apocalíptico en el que los jabalíes habían vuelto a hozar entre los contenedores de los pueblos o los ciervos se habían aventurado a cruzar plazas en algunas ciudades. En Sevilla, el primer día que los niños pudieron pisar la calle, nos encontramos con una familia de pavos reales que habían saltado por encima de las altas tapias de los Reales Alcázares y exploraban, con el mismo asombro que nosotros, un barrio de Santa Cruz vacío.

Toda aquella explosión de vida vegetal nos tuvo entretenidos un par de días. Con la guía de plantas en la mano, Berta, Marie y yo nos dedicamos a intentar reconocer la mayor variedad posible. Identificamos malva, mercurial, diente de león, colza, agave, cardo borriquero, avena loca y espiguilla de burro donde antes solo había malas hierbas. A cada nombre común yo le añadía el nombre científico en latín. No pretendía que los retuvieran en su memoria. Tampoco yo tenía intención de recordarlos. Simplemente los nombraba, por su sonoridad y también por revivir con ellas una lengua que, antes de desaparecer, había alumbrado, entre otras, la lengua que hablábamos. Tenía la esperanza de que, años después, fueran ellas las que descubrieran la maravilla de saber algo de griego y de latín.

A pesar de que la exploración incluía dibujar y encontrar pistas, Berta y Marie solo aguantaron hasta que llegamos al árbol de los pájaros. Acabábamos de identificar la artemisa *(Artemisia abrotanum)*, tan frondosa y abundante en nuestro corral. Con las manzanillas *(Leucanthemum vulgare)* que crecían cerca del árbol hicieron un ramillete al que añadieron unas flores moradas cuyo nombre científico, *Echium sabulicola*, les entró por un oído y les salió por otro. La gota que colmó el vaso de su paciencia infantil fue mi versión de su árbol de los pájaros. Este de aquí, les dije antes de verlas marchar, se llama *Melia azedarach*.

56

Viajamos a la casa durante un fin de semana en enero de 2021, un mes inusualmente frío allí, tan al sur. Nos recibió Bones, que estaba frente a la casa cortando leña con la motosierra. Nos contó que Juanlu le había llamado para avisarle de que llegábamos y le había pedido que preparara algo de madera para nosotros. Yo le dije que parecíamos los príncipes de Gales llegando a alguno de sus palacetes y él, de manera teatral, dejó la herramienta en el suelo, unió sus manos llevándoselas al pecho, agachó el mentón y me llamó señorito. Antes de sonreír dijo «milana bonita» y a mí me llenó de alegría comprobar la profundidad con la que había arraigado la obra de Delibes en la sociedad. También me alegró verle a él y saber que en algún momento podríamos hablar de caballos, de cómo le iba la vida, de cómo le iba al pueblo.

Eso era algo que también me gustaba preguntar cuando llegábamos: cómo está el pueblo. La pregunta convertía a todo el municipio en un solo ser. Me habló de las lluvias caídas en las semanas anteriores a la Navidad, pero no con las expresiones vagas con las que unos desconocidos hablarían del tiempo en un ascensor. Bones me dijo que habían caído trescientos litros y que eso no estaba mal pero que, para que el año fuera pasable, tenía que llover entre setecientos y ochocientos litros a lo largo de los doce meses. Esa cantidad rellenaría los acuíferos. Haría que los arroyos llevaran agua incluso en verano. Habría pasto para el ganado y la caza y el corcho engrosaría en los alcornoques. También se llenaría el pequeño pantano de monte que suministraba agua potable al municipio. Cuando me contaba todo eso, me estaba diciendo que la gente podría trabajar, trajinando con el ganado, con la leña, con la limpieza de las fincas, con las huertas, en la caza. Esas actividades le darían, a su vez, trabajo a la ferretería, a los tres bares, a la pizzería, a la farmacia y a la papelería-mercería-frutería.

Al poco tiempo de despedirme de Bones, Marie y Berta regresaron del campo con un cráneo, un fémur y una vértebra de oveja. La tomé en las manos y la giré para apreciar sus formas. Por este orificio, les conté, pasa la médula espinal de la que a su vez salen los nervios que terminan llegando a todo el cuerpo. Luego cogí el cráneo y me entretuve en la observación de sus mil recovecos interiores, explicándoles lo que sabía de aquella anatomía.

Mientras hablaba, recorría con el dedo las mil paredes de hueso del interior del cráneo. Trataba de encontrar la silla turca, donde se asienta la glándula pituitaria, pero descubrí que mi memoria era más textual que visual. Cuando estudié Anatomía, retuve el nombre por su cualidad metafórica, no por su interés técnico. En ese momento ni siquiera sabía si esa estructura era común a todos los mamíferos o a los vertebrados o a los vertebrados superiores. A pesar de mis imprecisiones y lagunas, seguí hablándoles del laberinto óseo, de la maravilla que habían traído de su pequeño viaje. Cuando, al cabo de un rato, salí de mi burbuja, Marie había desaparecido de la vista y Berta jugaba a ordenar unas piedras junto al tendedero. Llevaba no sé cuánto tiempo hablándole a una calavera, como un Hamlet.

Beleña moriría al mes siguiente y su cráneo acabaría igual de limpio que aquel al que yo le hablaba. Me lo contó por teléfono Juanlu, que estaba en la casa cuando sucedió. Era sábado, me dijo, y la había notado cansada por la tarde, cuando fue a echarle el pienso. Mientras me hablaba, me pregunté si yo habría sido capaz de identificar el cansancio en un animal al que ya habíamos conocido siendo muy viejo.

Juanlu volvió a visitarla antes de meterse en la cama porque sentía que algo no iba bien. La encontró tendida cerca de la higuera, algo insólito en ella. Estaba viva pero, a pesar de que la animó, la burra fue incapaz de ponerse en pie. A medida que Juanlu me iba contando el episodio me venían a la mente imágenes contrarias a esa postración. Recordé, cómo no, el día en el que me tiró al suelo. Bones y yo veníamos de visitar a una cuadrilla de corcheros que faenaban en una zona alta y remota de la sierra. Unas horas antes, todavía de noche, Bones había aparejado a Beleña con los serones y no con la silla porque queríamos llevar comida y cerveza fría para compartirla con los corcheros. Así que a mí me tocó montar al modo arriero, directamente sobre el esparto de los serones. La carga, que se vertía voluminosa por los flancos de la burra, me impedía rodear su cuerpo con mis piernas y hacer pinza con ellas bajo su panza para asegurar mi estabilidad. Yo iba sentado sobre la cruz, con mis pies por delante de los serones, y cuando le tenía que meter talones para arrearla, en realidad, lo que tocaba eran sus hombros. Así que, sin silla, sin estribos y en una posición tan avanzada, mi seguridad dependía de lo que hiciera el animal. Viéndome en una situación tan precaria, Bones me recordó su viejo consejo: si te caes, no sueltes la rienda.

Salimos del pueblo, avanzamos un kilómetro por el borde de la carretera y luego entramos en una finca. Bones, montado en Pérez y sin carga, mostraba una estampa elegante. Yo, en cambio, en pantalones vaqueros y zapatillas deportivas, inspiraba lo contrario. Nos parecíamos demasiado a Quijote y Sancho como para no provocar risa. Es una suerte, pensé mientras nos movíamos por campo abierto, que España esté tan vacía.

La noche en que murió, Juanlu, viendo que la burra no respondía, llamó a Bones, que llegó veinte minutos más tarde para certificar que al animal le quedaba poco de vida. Hacía frío y se refugiaron en la casa, donde se calentaron con un whisky que habíamos llevado nosotros desde Escocia. A las dos de la madrugada regresaron y la encontraron igual. El animal estaba sufriendo. Bones despertó a varios cazadores del pueblo porque era muy tarde para hacer venir al veterinario y hacía falta una escopeta para terminar con su agonía. En el pueblo no fue capaz de encontrar lo que necesitaba, así que tuvo que recurrir a un viejo amigo, pero que vivía a quince kilómetros de distancia. A eso de las cuatro y media de la madrugada, cogió el coche y se marchó. Juanlu se quedó junto a la burra, esperando a Bones. ¿Serás capaz de dispararle?, le había preguntado Juanlu antes de que se fuera. Sí, había respondido Bones.

Para cuando regresó a los cuarenta minutos el animal ya había muerto. Bones se agachó y le pasó la mano por el cuello y constató su muerte.

Se incorporó, abrió los cañones y sacó los dos cartuchos.

Cuando colgué la llamada con Juanlu me levanté de la silla y salí a la calle a dar un paseo. Se me habían quitado las ganas de trabajar y necesitaba que me diera el aire. Mientras caminaba seguí rememorando, a modo de despedida, el día en que fuimos a ver a los corcheros trabajar. Habíamos comido con ellos, en la zona escarpada en la que faenaban, y era hora de regresar al pueblo. Las amplias copas de los alcornoques nos protegían del sol y del calor que hacía fuera del bosque. Bajo ellas apenas soplaba viento y, después de tantas horas montado durante el viaje de ida, mi cuerpo se dejaba llevar por el bamboleo del animal. Bones iba delante, montado en Pérez, y Beleña le seguía a pocos metros. Nadie la guiaba mejor que aquel caballo. Iba a donde él iba, sin rechistar, al contrario de lo que hacía conmigo cuando estábamos solos.

En un momento Pérez atravesó el cauce profundo de un arroyo medio seco que habíamos cruzado a la ida. Lo que en aquella ocasión había sido un ascenso algo comprometido se convertía ahora en una bajada arriesgada. El caballo descendió por entre dos rocas que formaban un pasillo. Beleña se detuvo para esperar a que Pérez lo atravesara. Vi cómo el caballo metía las manos en los escalones bajos y cómo, al pasar, las rocas a los lados casi rozaron las piernas de Bones.

Le metí entonces talones a Beleña, que se dirigió al estrechamiento sin ganas y se paró frente al pequeño precipicio. Le metí más talones pero no obedeció. Lo intenté con la fusta y, entonces sí, se animó. El primer escalón era muy profundo y Beleña se inclinó tanto que a punto estuve de caer por delante. Pero entrábamos en el pasillo rocoso y yo veía que podía quedarme atrapado entre el animal y las piedras, así que levanté las piernas para que la burra pasara y fue entonces cuando perdí la única sujeción que tenía. Lo siguiente fue deslizarme por encima del cuello de Beleña, girar en el aire y caer de culo por delante de su hocico. El golpe en el sacro fue muy fuerte y tuve que apretar los dientes para aguantar el grito. Bones se bajó del caballo, se acercó tranquilo y me preguntó si estaba bien. Le dije que sí, miró la herida a través del pantalón roto y me auguró dolor por algunos días. Luego me tendió la mano para ayudar a levantarme y me hizo notar algo en lo que yo no había reparado: seguía con la rienda en la mano.

57

En marzo de 2021 Juanlu y yo aparcamos frente al tendedero, cuando solo faltaban seis meses y medio para que derribaran la casa, algo que ese día todavía no sabíamos. Para entonces ya habíamos disfrutado del lugar durante una década, tiempo más que suficiente para que el negocio de Ignacio hubiera madurado definitivamente. De modo que no sabíamos cuándo, pero era razonable pensar que cada día que pasaba aumentaban las posibilidades de que, en cualquier momento, terminara nuestra aventura allí.

Una persona sensata, incluso conservadora, se habría contenido. Pero Juanlu no era particularmente sensato ni mucho menos conservador. Y no me refiero aquí a su pensamiento político, nunca hablábamos de política, sino al sentido literal del término tal y como yo lo entendía. Conservador es el que tiene miedo a perder algo que posee, o cree poseer, y que dirige sus energías a retener ese algo.

Y como Juanlu ni era sensato ni conservador ni pensaba que hubiera algo que pudiera perder, me había llamado dos semanas antes para contarme su último plan. Quería anticiparse al buen tiempo, me dijo, cuando la casa recibía a más gente, y mejorar el patio delantero. Me contó, esa vez con mucho juicio, que en verano se podría decir que vivíamos allí afuera, que ese espacio era una habitación más de la casa, de hecho, la principal, y que la teníamos hecha un desastre. Lo que dijo me hizo gracia, pero me abstuve de hacer ningún comentario.

Su plan era utilizar unos perfiles de acero de seis metros que llevaban años oxidándose en la *chatarrerie* para sustituir el emparrado que ya habíamos saneado al poco de llegar al pueblo. Añadió que había zonas de la parra que seguían siendo tan bajas que casi nos llevábamos los racimos con la cabeza y en eso tenía razón. Pero, sobre todo, me dijo que quería quitar de una vez por todas el pilar central de cemento porque siempre estaba por el medio cuando nos reuníamos. También en eso tenía razón. Aquel pilar se había interpuesto en infinidad de encuentros, como el contrabajo en la novela de Patrick Süskind. Si éramos pocos en la casa, no molestaba demasiado, pero si había invitados o nos reuníamos varias familias, entonces siempre había problemas para jugar o para colocar las mesas a la hora de comer.

Fiel a su estilo, su idea era tirar la casa por la ventana, a pesar de que, quizá al día siguiente, tuviéramos que irnos de allí con una mano delante y otra detrás. Quería comprar más hierros además de los que había, pinturas anticorrosión, rodillos, una nueva radial. Mi primera reacción sí que fue conservadora. Le dije que era un trabajo de envergadura y que, después de casi diez años en la casa, quizá no valía la pena enrolarnos en algo así. Me convenció sin esfuerzo y, para cuando colgué, ya había sido nombrado responsable del nuevo emparrado. Juanlu quería que yo me ocupara de resolver los detalles técnicos. Por una vez, me pidió que dibujara un plano y calculara los materiales que necesitaríamos. A partir de aquel momento, el proyecto creció en mí, en ocasiones, de manera desordenada. Me sorprendía a mí mismo pensando en los retos constructivos que nos encontraríamos en cada fase. Cómo soldar en vertical, si sería mejor empotrar la estructura en la pared o fijar con tirafondos. Esos pensamientos sacaban de mí cualquier cosa que no tuviera que ver con la resolución del problema. El encargo, como siempre me sucedía, terminaba ocupándome por completo con su materialidad.

Dos semanas más tarde llegamos a la casa. La parra no había empezado a brotar todavía. Solo había varas leñosas tendidas sobre la vieja estructura de alambre y hierro. Lo primero que hicimos fue montar una zona de pintado, frente al tendedero. Dispusimos los perfiles sobre dos caballetes, eliminamos el óxido con cepillos y lijas y luego les pasamos el rodillo con antioxidante y, finalmente, pintura. Después fijamos escuadras en las fachadas sobre las que iría asentada la nueva pérgola y ya todo fue cortar y soldar. Durante tres días trabajamos hasta que, sobre nosotros, el nuevo emparrado había sustituido al antiguo, que volvió a la *chatarrerie*, el lugar del que procedía.

Hay fotos de ese día en las que aparecemos Juanlu y yo en cuclillas con el pilar tumbado ante nosotros. Yo paso mi brazo por sus hombros y él por los míos. Parece que hubiéramos pescado un gran marlín en Cayo Largo.

Cuando terminamos, coincidimos en que el nuevo emparrado era nuestra obra magna. De hecho, ahora era la casa la que no estaba a la altura de esa mejora. Bromeamos, brindamos, recibimos a Manuel, que elogió el resultado, y a Bones, que, sin palabras, hizo un gesto de aprobación y la foto en la que aparecíamos como pescadores.

El emparrado sería destruido seis meses más tarde y yo siempre lo recordaría por su belleza, por lo bien que lo pasé trabajando junto a Juanlu, pero, sobre todo, por su significado: lo contrario de la vida no es la muerte, sino el miedo.

El verano llegó, hermoso y triste. Por un lado, el viento apenas sopló en las semanas en las que estuvimos en la casa, por lo que pudimos disfrutar de la playa, del monte y del pueblo. El nuevo emparrado invitaba a la vida más que nunca, tan abierto, tan cargado de uvas como de avispas. Un día incluso cayó una tormenta que le sacó a la tierra, seca y caldeada, aromas que eran una ofrenda cada vez más infrecuente. La albahaca prosperó en el arriate, junto al romero, que era la única especie que no iba ni venía, que siempre estuvo allí. Las inflorescencias aparecían en sus ramas verdes, entre sus pequeñas hojas recias a finales del invierno y, por septiembre, aunque lejos ya de su discreto esplendor, ahí seguían. Las abejas todavía las frecuentaban por entonces. Zumbaban en una espesura que para ellas era arbórea. Al observarlas me sorprendía siempre su habilidad para introducir su larga probóscide en los estrechos nectarios de las flores. Lo hacían, además, a toda velocidad, pasando de una a otra flor de forma impaciente, como si tuvieran prisa. Como si supieran que aquel romero desaparecería pronto de su mundo.

En la parte no constante del arriate solía haber, además de la albahaca, menta silvestre, algún año tomillo, algún otro salvia. La menta también era tenaz y prosperaba por entre las grietas de la pared baja que separaba nuestro patio del vecino. El aire de la zona se arremolinaba en esa parte del patio, enredado entre el muro y el romero. Los pequeños tornillos ventosos agitaban las plantas y levantaban un polvo que no llegábamos a percibir. Minúsculas nubes en las que viajaban las semillas que se colaban en las fisuras microscópicas de las que terminaban brotando pequeñas ramas de menta, como si la misma pared fuera el sustrato. La naturaleza no conoce el descanso ni se acomoda.

Sucedía algo parecido en el puente de Triana, en Sevilla, no muy lejos de una escultura monumental de Eduardo Chillida, donde lo que crecía era una higuera entre los sillares del arco. Cuando pasaba bajo ese árbol, siempre me venía a la memoria un recuerdo hermoso: Anaïs y yo hace poco que nos hemos conocido y decidimos hacer un viaje por Grecia. Tan solo llevamos un par de mochilas pequeñas. En El Pireo embarcamos en un ferri que conecta algunas islas Cícladas. Nos bajamos en el puerto de Sérifos y alquilamos una moto. Queremos llegar al último extremo de la isla y buscar allí algún lugar en el que dormir. Lo encontraremos y a la mañana siguiente, después de nadar por la ensenada cristalina, desayunaremos café griego, pan y aceitunas. Pero, antes de eso, cae la tarde mientras conducimos por la carretera vacía. La brisa tibia agitando el vello de nuestros brazos, giramos en una curva cerrada al final de la cual una gran higuera se asoma al asfalto. Atravesamos la cortina olorosa que cuelga de sus ramas sobre la carretera, los higos maduros, y sentimos que la vida nos ha ungido.

A mediados de agosto de 2020 Mayoyi vino por última vez a la casa. En su visita anterior Anaïs había tenido enormes dificultades para cuidarla: era muy difícil manejarla en la ducha, los espacios de paso eran estrechos, incluso para su silla de ruedas. La desproporción del sofá era limitante. Las losas del suelo ya no eran las escamas de un pez sino las espinas de un erizo. Todo se interponía. Incluso salir al patio era problemático. Así que, en un último intento de que disfrutara de un lugar en el que había vivido tantas cosas hermosas, la llevamos con nosotros ese agosto.

Continuaron las lecturas de sus libros favoritos, pero hasta escuchar le resultaba ya trabajoso. La comida, en cambio, era algo que todavía le causaba placer. Quizá ya lo único que la distraía, aunque fuera por unos minutos, de la cárcel en la que se había convertido su cuerpo. Anaïs se sentaba junto a ella y le daba de comer, como a una niña. Solo Marie y Berta le hacían sonreír alguna vez con sus ocurrencias.

Hicimos barbacoas de verduras y pescado, hicimos chipirones en su tinta, salmorejo, ensaladilla, arroces y pizzas caseras en un horno cuyo mando había que mantener presionado con una silla reclinada para que no dejara de soltar gas.

Las manos, particularmente las de Anaïs, se hicieron imprescindibles aquel verano: para voltear el cuerpo menudo de Mayoyi cada pocos minutos, en la cama o en el sillón reclinable donde pasaba casi todo el día; para limpiar con una esponja su cuerpo bajo el agua tibia de la ducha, sentada en una silla de plástico; para peinar su cabello blanco; para sostener su mano y acariciarle el dorso; para llevarle la comida a la boca, para limpiar las comisuras, para empujar su silla de ruedas, para pasar frente a sus ojos las páginas de la revista *Hola*, para sintonizar la misa del domingo en la radio. Para masajear sus piernas, extenderle crema hidratante, acariciarle una mejilla. Para pintarle los labios con carmín.

58

El lunes 6 de septiembre de 2021 Ignacio llamó a Juanlu para contarle que había vendido el velero pero que pronto compraría otro y que contaba con él para llevarlo al puerto de Mazagón, donde ahora tenía un amarre. Hacía muchos años que no salían a navegar y, de hecho, llevaban mucho tiempo sin cruzar palabra. Juanlu no le había llamado, quizá para no recordarle que seguía haciendo uso de su casa, algo que, aunque improbable, puede que hubiera olvidado. El negocio de Ignacio era comprar y vender terrenos y propiedades y quizá tenía muchas y no las recordaba todas. Así pensábamos, como niños.

A Juanlu le resultó extraño que Ignacio le llamara y que se extendiera tanto en el asunto del velero pero le dejó seguir y, sí, claro, le confirmó que se enrolaría con él en cuanto comprara el nuevo barco. Luego hablaron de algunas vaguedades hasta que se hizo un silencio que Juanlu aprovechó para preguntarle si había alguna novedad con respecto a la casa del pueblo. De eso también quería hablar, le dijo. Se disculpó por avisar tan repentinamente, pero, al parecer, a él también le había pillado el asunto por sorpresa. El caso es que acababan de concederle el último permiso que necesitaba, lo que significaba que, por fin, ponía en marcha el proyecto. Es más, ya tenía contratada una empresa de derribos para dos semanas después. Ese sería el tiempo del que dispondríamos para vaciar la casa.

Nada más colgar, Juanlu nos llamó para contarnos la conversación que acababa de tener con Ignacio. No hubo desvanecimientos ni rabietas esa vez. Al contrario, tomé incluso la noticia con cierta cautela porque ya habían sido varios los rumores a lo largo de los años y todos habían terminado disolviéndose como azúcar en agua. Pero, aun así, esa vez intuía que el asunto iba en serio. Y no porque se hubiera concretado un detalle como el de la empresa de derribos. Había algo en el tono de voz de Juanlu, pero, sobre todo, había un hecho distintivo: por primera vez en diez años era el propio Ignacio el que llamaba para hablar sobre la casa. Esa vez ya no se trataba de un rumor o de una conclusión a la que hubiéramos llegado atando cabos o especulando, sino de una información procedente de la única persona autorizada para ofrecerla. Si nada volvía a retrasarle, le había contado Ignacio por teléfono, en algo menos de un año podría entregar las llaves de los nuevos apartamentos a los compradores, algunos de los cuales ya habían hecho el pago de una cantidad como señal.

59

Tres días antes de la llegada de las máquinas, viajamos al pueblo por última vez para recoger algunas cosas de valor. Es un viernes cualquiera de septiembre y todo está en calma. Apago el motor del coche junto al tendedero vacío. El reloj del salpicadero marca las cuatro cuarenta y cinco de la tarde. No se ve nadie alrededor. Las persianas de Manuel están bajadas. Salimos de la atmósfera cerrada del coche. Ha llovido y el aire viene cargado de olores herbosos, resurrección de la tierra cuarteada. Siento una sensación física que me ocluye ligeramente la zona del diafragma, pero que también activa los sentidos y el ánimo. Esta vez, ninguno de los cuatro salimos corriendo, sino que permanecemos junto al tendedero aspirando el aire, contemplando la casa y el valle. De repente, experimentamos un renovado aprecio por lo vivido. Unas intensas ganas de disfrutar de las horas que nos quedan por delante.

He experimentado muchos momentos así a lo largo de los años, cuando he tenido la certeza de que algo valioso terminaba: un verano, un amor, un libro emocionante, una ciudad que ha sido un hogar. Se da una nueva lucidez en la que los sentidos se despliegan como lo harían ante una alerta. Súbitamente, lo cotidiano pierde su condición trivial y todo alrededor parece elevarse. Es, quizá, el último estado de consciencia plena. El que antecede al fin. Un homenaje que el cuerpo le hace al mundo que lo ha acogido. Una forma de dar gracias por la vida y lo vivido. Por última vez me abro a ti, mundo, que contienes el aire y las cosas; que acoges a los perros que caminan sobre el cemento; que le das juego a los niños y verde a la albahaca; que permites el amor y el desconsuelo; sombra de los árboles, la palabra balandro, un acorde mayor, Bach y las hijas que nos sucederán en la tarea.

Subimos la escalera del patio, avanzamos hasta la puerta, meto la llave en la cerradura, le doy dos patadas a la hoja y entramos en la cocina. No disponemos de mucho tiempo pero, después de conducir tantos kilómetros, necesito unos minutos de descanso antes de ponerme a recoger. Berta y Marie vuelven al patio y Anaïs entra hasta el dormitorio Lincoln. Yo abro el armario, saco un paquete de café cerrado con una pinza de la ropa y preparo una cafetera.

Cuando el líquido empieza a borbotear libera en la habitación cerrada un aroma que invita al sosiego. Me siento en la fresca penumbra del interior de la casa con la taza en la mano. En el mismo lugar en el que me senté después de derribar el tabique, tantos años atrás. La misma silla roja y enana. Parezco un jugador de baloncesto en un vuelo de bajo coste. Una brisa ligera mece las tiras de plástico que cuelgan sobre la puerta que da al patio delantero. Es una cortina sencilla, sin otro objeto que el de mantener las moscas fuera. El sonido que hacen al rozar unas tiras con otras es tranquilizador. Cualquier cosa que la brisa meza, por vulgar que sea, queda al instante ennoblecida.

El frescor se lo debo al grosor de los muros. Ventajas de las construcciones antiguas, de un mundo sin el cemento que aligera los esqueletos de las casas y modela prodigios. En menos de tres días una máquina excavadora se acercará, estirará su brazo mecánico y tirará abajo los muros y el techo. La penumbra que ahora me recoge quedará desvelada.

Miro a mi alrededor y recuerdo la primera impresión que la casa me produjo el día en que llegamos y rememoro las palabras de Manoel de Barros: todo lo que no sirve para nada sirve para la poesía. En aquel tiempo todavía no era capaz de escuchar ni de entender la rima de la casa y su entorno. Mi tosca mirada solo percibía la tosquedad en lo que me rodeaba. Todavía no conocía el metro en el que el despojo produce versos.

Pienso en Manuel, a quien visitaremos antes de marcharnos. Por un lado ha recuperado algo del ánimo que perdió con la muerte de Rafaela. Por otro, el tiempo ha seguido pasando para él, y se le nota. La vida lo ha zarandeado, pero sigue siendo un hombre esencialmente bueno. Dedico un tiempo al recuerdo de Rafaela, al caramelo con que nos recibió aquel día en que pintamos la casa por primera vez. Si no fuera quien soy, quizá el niño que fui, me preguntaría dónde está. A qué lugar van las personas cuando mueren. Es una idea consoladora, la del cielo. No por las nubes, ni la puerta en la que te recibe san Pedro ni los ángeles regordetes. Es una idea hermosa porque permite seguir conversando con las personas a las que amas.

Me viene a la memoria un encuentro con Bones, un año antes: yo estoy en el patio, escribiendo. Anaïs y las niñas no están en la casa. Quizá han ido a por agua al manantial o de paseo al Lagarto. Bones se asoma a la puerta del patio y confirma lo que estoy haciendo: qué, ¿escribiendo? Le digo que sí y él, como hace siempre cuando me pilla trabajando, especula con la que él cree que es la mayor dificultad de mi trabajo: que no se me ocurra nada. Él lo expresa valiéndose de la idea de inspiración y yo afirmo. Luego hablamos del viento y de Pérez. Me pone al día de los asuntos del caballo y en ese momento me doy cuenta de lo importante que también es para él la casa. Allí tiene sus animales y sus arreos. En nuestro patio, cuando no estamos, él celebra reuniones con amigos, hacen la comida, beben cerveza y cantan. ¿Qué vas a hacer cuando tiren la casa?, le pregunto. Se queda pensando. Me llevaré a Pérez a otra parte, contesta. Luego vuelve a quedarse en silencio, la mirada perdida y fija en el horizonte lejano. Tú y yo le hemos cogido cariño a este rincón. Nosotros dos sí que vamos a echar de menos esto. Y vuelve al silencio, que es el más infrecuente de sus estados.

Escucho a las niñas jugar fuera y a Anaïs abrir y cerrar cajones en los dormitorios. Recuerdo el episodio con Bones por la verdad de sus palabras y, sobre todo, porque es la primera vez que habla de un *nosotros*. Sabe que yo también echaré de menos la casa porque, mientras charlaba o abroncaba al herrador, también él me estaba observando a mí.

Noto cómo la melancolía llama a mi puerta, así que apuro el café de un trago y me levanto. Tenemos que hacer lo que hemos venido a hacer, pasar un buen fin de semana y luego marcharnos. Recojo algunas fotografías fijadas con imanes a la puerta del frigorífico; dibujos hechos por las niñas a lo largo de estos diez años, una navaja, unos pocos libros. Voy al almacén porque Juanlu me ha hecho una lista con lo que quiere recuperar. Lo meto todo en una bolsa grande y, cuando voy a salir, reparo en que en la lista no aparece el viejo taladro de su padre. Me pregunto si habrá sido un olvido voluntario o involuntario. Estoy a punto de llamarle o de preguntarle a Anaïs, pero me contengo porque yo también tengo algo que decir al respecto. Yo también he trabajado con esa herramienta, la he reparado, la he padecido. En esa taladradora reside parte de la memoria de su padre, me digo, y parte de la mía también. Me doy la vuelta y voy a por el taladro y, cuando lo tengo en la mano, lo observo unos segundos, siento su peso y vuelvo a dejarlo donde estaba. No hemos ido hasta allí para mirar atrás. No quiero poseer ese objeto y, en ese momento, estoy seguro de que Juanlu lo ha dejado fuera de la lista voluntariamente. El padre murió, la casa se va. Vinimos con las manos casi vacías y con las manos casi vacías nos iremos.

Llevo al coche la bolsa con las cosas de Juanlu y también las que Anaïs ya ha preparado con la ropa de cama. A lo lejos, en el corral grande, Pérez pasta tranquilo. Me acerco al gran árbol. Apoyo la palma de mi mano en su corteza. Es algo que llevo haciendo desde que era niño, cuando jugaba entre los olivos. Palpo los troncos de los árboles con la esperanza de sentir sus latidos a través de la piel de la mano. Miro hacia arriba. Bajo esta copa tuya he trabajado mucho, digo a media voz. He gozado. No le cuento al árbol, sin embargo, que en unos días será talado y que también los pájaros que duermen en sus ramas tendrán que buscarse un nuevo hogar. Al contrario, le doy las gracias por la sombra que me ha regalado sin preguntarme si yo era un santo o un sátrapa. Por último, le pido disculpas por haberme referido a él en algunas ocasiones por su nombre científico, *Melia azedarach.* Era por las niñas, ya sabes, pero también por ellas debería haberte llamado desde el principio por el nombre por el que algunos te conocen: *árbol del paraíso.*

60

Anochece mientras conduzco de vuelta a casa. En el maletero van la bolsa con las cosas de Juanlu, la ropa de cama, un tostador y una mochila pequeña con nuestras posesiones. Por el espejo veo a las niñas en el asiento de atrás. Marie busca música en mi móvil y Berta mira por la ventanilla. Anaïs lleva su mano sobre mi pierna.

Es improbable que volvamos al pueblo. Lo he hablado muchas veces con ella y con Juanlu. Nos va a ser incluso difícil regresar a un lugar distinto del pueblo porque todo lo que hemos vivido ha ocurrido en esa parte alta y algo retirada. Junto a Manuel, Rafaela y Bones. Con los animales, entre la mala hierba y los desechos.

Nos imagino, en cualquier caso, regresando dentro de muchos años, cuando ese dolor se haya disipado. Aparcaremos el coche en el lugar donde un día estuvo el tendedero y nos situaremos frente a los nuevos apartamentos. Su pulcritud nos parecerá la de un quirófano. Un niño que jugará frente a la que es su casa de vacaciones nos mirará y no sabrá quiénes somos. Los padres, apoyados en la barandilla de vidrio templado, nos saludarán y nosotros responderemos al saludo. No les contaremos batallas. No seremos como esos viejos nostálgicos que solo son capaces de mirar con amor a lo que fue. ¿Qué podríamos decirles? ¿Que donde está la barandilla en la que se acodan hubo un día una tapia desconchada que escondía un romero? ¿Que sus flores convocaban a las abejas? ¿Que donde ahora está su salón hubo un día un árbol con una algarabía de pájaros?

Hablaremos, eso sí, del viento, que entonces será el mismo que en nuestro tiempo y que, como hizo con nosotros, llenará su casa con la energía que anima la vida.